Cuentos

para niñas

Texto: Derek Hall, Alison Morris y Louisa Somerville
Ilustraciones: Jeremy Bays, Natalie Bould, Lynn Breeze, Anna Cattermole,
Maureen Galvani, Mary Hall, Virginia Margerison, Paula Martyr,
Julia Oliver, Martin Orme, Sara Silcock, Gillian Toft, Charlie Ann Turner,
Kerry Vaughan, Jenny Williams y Kirsty Wilson.

Copyright © 2007 de la edición española: Parragon
Traducción del inglés: Carme Franch Ribes
para Equipo de Edición, S.L., Barcelona
Redacción y maquetación: Equipo de Edición, S.L.,
Barcelona

ISBN 978-1-4075-3649-1

Impreso en Indonesia
Printed in Indonesia

Cuentos

para niñas

PaRragon

Bath · New York · Singapore · Hong Kong · Cologne · Delhi · Melbourne

Índice

Unas apacibles vacaciones

La señora ratona estaba muy contenta. Aquel año había trabajado muchísimo. Después de recoger frutos secos y bayas para el invierno, limpió la casa a fondo para que estuviera como los chorros del oro. Ahora que los cálidos rayos del sol acariciaban los árboles y las flores del bosque, decidió tomarse unas merecidas vacaciones. De modo que empezó a preparar el equipaje.

Primero sacó una maleta pequeña, la abrió y la puso sobre la cama perfectamente arreglada. Luego escogió algunos vestidos del armario y los metió en la maleta. Por último, eligió varios pares de zapatos: unas bonitas sandalias para pasear por la playa, un par de zapatos elegantes para ir de compras, otro par aún más elegante para salir a cenar y otro par más por si acaso.

–Necesitaré un par de sombreros para el sol –pensó.

Así que también los metió en la maleta. Después echó un abrigo, unos guantes y una bufanda (por si se levantaba brisa y hacía frío). Por último, por si hacía mucho sol, añadió unas gafas de sol, protector solar y una sombrilla. Pero cuál fue su sorpresa cuando vio que la maleta estaba tan llena que no podía cerrarla. Lo intentó sentándose encima y hasta dando saltos sobre ella, pero la maleta seguía sin cerrarse.

De manera que la señora ratona decidió volver al armario y elegir una maleta más grande. Ahora sí. Cabía todo perfectamente y pudo cerrarla con un suspiro de alivio.

Ya estaba preparada para empezar a disfrutar de sus vacaciones en la playa. Subió al tren, puso la maleta en el estante de arriba y empezó a mordisquear unos bocadillos de crema de avellana mientras miraba ilusionada por la ventanilla con la esperanza de ver el mar. Al rato, después de una curva, ahí estaba. Un mar azul e inmenso y un cielo surcado de gaviotas blancas que sobrevolaban los acantilados.

–¡Cuánto me apetece un buen descanso! –pensó.

Se instaló en una pensión muy agradable, tan cerca del mar que le llegaba el olor fresco y salado con solo abrir la ventana.

–¡Qué maravilla! –pensó–. ¡Y cuánta tranquilidad!

Unas apacibles vacaciones

Sin perder ni un momento, se desvistió, se puso el bañador y el sombrero y preparó la bolsa para la playa. Ya estaba lista para tomar el sol apaciblemente.

Al llegar encontró un lugar tranquilo. Extendió su toalla, se tumbó sobre ella, cerró los ojos y se quedó dormida en un santiamén. ¡Pero por poco tiempo!, porque al rato llegó una familia de topillos con muchas ganas de diversión. Los más pequeños no paraban de gritar, salpicar y tirar la pelota hasta donde reposaba la toalla perfectamente estirada de la señora ratona.

Pero cuando pensaba que era imposible que hubiera más ruido, llegaron unos hurones. Cuando se juntan para compartir un día de playa, los hurones arman un buen escándalo. Se pusieron a gritar y a cantar tan fuerte que la cabeza de la señora ratona estaba a punto de estallar. Entonces descubrió una roca algo alejada de la orilla.

–Nadaré hasta la roca. Allí seguro que no me molestará nadie –pensó.

Ni corta ni perezosa, recogió sus cosas y nadó hasta la roca. La verdad es que era un poco incómoda, pero al menos había silencio. Enseguida volvió a quedarse dormida.

Pero entonces la roca empezó a moverse mar adentro porque, en realidad, no era una roca sino una tortuga que se había adormilado cerca de la superficie. Avanzó en dirección a la puesta de sol con la señora ratona dormida sobre el caparazón, sin darse cuenta de lo que sucedía.

Al final, la tortuga llegó a una isla desierta. En ese preciso
instante, la señora ratona se despertó. Vio la playa desierta y,
sin imaginar que se había quedado dormida sobre una tortuga,
dio un buen salto y nadó hasta la orilla pensando que era
la misma playa de la que acababa de irse.

Poco después, la tortuga volvió a alejarse de la orilla. Solo
entonces se dio cuenta de lo que había pasado. Al principio se
asustó, pero luego echó un vistazo a aquella playa solitaria rodeada
de palmeras y se acordó de la ruidosa playa llena hasta los topes.

—Bueno, al fin y al cabo no está nada mal para pasar unos
días de merecido descanso —pensó.

Y eso es lo que hizo. Holgazaneó en su playa privada sin que nadie la molestara. No le faltaba de nada. Tenía cocos y fruta para comer y hasta preparó una cama calentita con unas hojas de palmera.

Pero al tiempo empezó a echar de menos su casita del bosque y pensó que era hora de volver a casa. Decidió construir una barca, y para ello royó la deliciosa pulpa de medio coco.

–Aquí dentro estaré comodísima –pensó.

Después clavó una hoja de palmera en el fondo de la cáscara. Llevó la barca a la orilla y, cuando el viento impulsó la hoja a modo de vela, navegó hasta la orilla para recoger sus cosas.

Mientras viajaba a bordo de aquella barca tan especial pensó que habían sido las vacaciones más apacibles de su vida y que volvería al año siguiente.

Lucía y la puerta verde

Lucía vivía en una casa normal de una calle normal y en un pueblo normal. Detrás de su casa había un jardín normal con flores normales y un caminito normal. Pero al final de este caminito había un árbol fuera de lo común. Era un roble gigantesco con una puerta pequeñita de color verde, tan pequeña que Lucía apenas podía pasar por ella. Era su secreto mejor guardado, pues nadie más sabía de su existencia. Pero detrás de aquella puerta se escondía un secreto aún más grande.

Cada tarde, Lucía bajaba por el caminito y al llegar al árbol daba tres golpecitos en la pequeña puerta verde. Al tercer golpe, la puerta se habría y allí estaba el elfo dándole la bienvenida.

–Adelante, querida Lucía –le decía–. El té está preparado.

Dentro la esperaban unos amigos muy especiales. Penélope y Ariadna eran las hadas más buenas del mundo. Acates y Arvalles eran dos duendecillos de lo más travieso cuyos trucos y bromas divertían mucho a Lucía. También estaban los cuentacuentos, que se sentaban con Lucía durante horas y le contaban historias de todos los rincones del mundo. Y, por supuesto, el elfo, que preparaba deliciosos batidos y pastelitos con montones de nata que hacían las delicias de Lucía.

Tras la puerta verde se ocultaba un mundo maravilloso, y tras sus visitas Lucía regresaba a casa de muy buen humor. Algunos días, después de compartir con el elfo un riquísimo chocolate y unas nubes de azúcar, salía al jardín a jugar con Acates y Arvalles. Jugaban a la gallinita ciega y Lucía se reía a carcajadas cuando Acates se acercaba sigilosamente a Arvalles y le hacía cosquillas hasta que este chillaba y le rogaba que le dejara en paz.

Unos días atrás, Lucía se entristeció un poco porque muy pronto tendría que

ir al colegio y solo podría visitar a sus amigos los fines de semana. Pero ellos le prometieron que nunca se olvidarían de ella y que les visitara siempre que quisiera. Lucía se puso muy contenta, pero todavía lo estuvo más cuando la invitaron a visitar a los cuentacuentos. De todas las maravillas que escondía la puerta verde, los contacuentos eran sus favoritos. Le explicaban historias de cómo aprendieron a cantar las ballenas y de adónde se iban las estrellas cuando salía el sol.

Cuando llegó el día de ir a la escuela con niñas y niños de su edad, Lucía ya estaba más tranquila gracias a la promesa de sus amigos. Cada día, al volver, llamaba a la puerta verde y disfrutaba de su compañía. Cuando llegó el invierno y oscurecía muy pronto, solo los visitaba los fines de semana, con la esperanza puesta en la llegada de las vacaciones para poder verlos a diario.

Mientras, en el colegio, Lucía se había hecho amiga de Adela. Al principio le habló de su familia y de su casa pero no del extraordinario roble con la puerta verde en el que se escondía

un mundo mágico. Sin embargo, le relató todas las historias que le habían contado los cuentacuentos, y Adela empezó a sentir curiosidad por saber dónde había aprendido aquellas maravillosas historias. Cuantas más preguntas hacía Adela, más le costaba a Lucía guardar su secreto; hasta que un día se lo contó todo.

Pero Adela se burló de ella cuando oyó hablar del elfo, de Acates y Arvalles, y de Penélope y Ariadna. Y cuando le explicó las visitas y los juegos compartidos con sus amigos no podía parar de reír. Adela pensaba que su amiga se lo estaba inventando todo. Cuando Lucía se defendió y le dijo que todo lo que le había contado era verdad, ella le contestó que aquello era sencillamente imposible, que no existían ni los elfos, ni las hadas, ni los duendecillos, ni los mundos mágicos ocultos detrás de una puerta verde. Lucía se puso tan triste que le pidió a Adela que la acompañara hasta el árbol para demostrarle que decía la verdad.

Camino de casa, Lucía empezó a preocuparse. ¿Y si solo eran imaginaciones suyas? Claro que, si aquellos amigos no existían, ¿cómo podía conocerlos? Adela caminaba

junto a Lucía, todavía burlándose y riéndose de las fantasías
de su amiga.

Cuando las niñas estuvieron delante del roble y Lucía se
disponía a llamar a la puerta verde, se dio cuenta de que había
desaparecido. Se frotó los ojos y volvió a mirar. ¡No estaba!

Adela esbozó una sonrisa de satisfacción. Le dijo que solo las
niñas pequeñas creían en la magia y los cuentos de hadas y regresó
a la escuela. Lucía no se encontraba con fuerzas para volver a la
escuela aquella tarde, y cuando su madre la vio aparecer tenía tan
mala cara que pensó que estaba enferma. Lucía se fue pronto a la
cama y se durmió entre sollozos.

Pero cuando se durmió, empezó a soñar. El elfo, Acates y
Arvalles, Penélope y Ariadna y los cuentacuentos aparecían en
su sueño. Después, Penélope y Ariadna se le acercaron y le dieron
un abrazo tan real que Lucía creyó que era de verdad. Los demás

también la abrazaron y le preguntaron por qué hacía tanto tiempo que no les visitaba y por qué solo podían verla en sueños. Lucía les explicó lo sucedido durante su última visita y les habló de Adela. Entonces Ariadna dijo:

—Mi querida Lucía, tú eres una niña muy especial. Puedes vernos y estar entre nosotros porque crees en la magia. Aquellos que no crean en ella nunca podrán entrar en nuestro mundo. No dejes de creer nunca jamás, Lucía.

Invadida por una inmensa felicidad, la niña se despertó, se vistió deprisa, salió de su casa normal, bajó por el caminito normal y llegó al árbol fuera de lo corriente. Cuando vio de nuevo la puerta verde no se lo podía creer. La golpeó con los nudillos y, al tercer golpe, la puerta se abrió y apareció el elfo.

—¡Adelante, querida Lucía! —le dijo radiante de alegría el elfo dándole la bienvenida—. El té está preparado.

Verdezuela

Érase una vez un hombre y una mujer cuyo mayor deseo era tener un hijo. Al final, su deseo se hizo realidad y la mujer quedó embarazada. El matrimonio vivía en una casa que daba a un jardín lleno de hermosas flores y plantas. Sin embargo, nunca se habían atrevido a entrar porque en él vivía una bruja malvada que tenía aterrorizado a todo el pueblo.

Un día la mujer se dio cuenta de que en el jardín habían crecido las verdezuelas más bonitas que había visto jamás. Parecían tan frescas que sintió el deseo de probarlas. Se sentaba a diario junto a la ventana y se quedaba mirando las verdezuelas durante horas. Hasta que un buen día empezó a empalidecer y a quedar sumida en la tristeza.

–¿Qué te pasa? –le preguntó su marido.

–Si no pruebo las verdezuelas, moriré –le contestó.

Así que el buen hombre decidió que la única forma de conseguirlas era entrar en el jardín sin que se percatara la bruja. Una noche, trepó la tapia que rodeaba el jardín y arrancó un manojo a toda prisa.

Su esposa preparó una ensalada tan deliciosa que al día siguiente le dijo a su marido:

–Si no como de nuevo verdezuelas, moriré.

Y, una vez más, su marido saltó la tapia. Sin embargo, al poner los pies en el suelo, se llevó un susto de muerte al ver a la bruja.

–¿Cómo te atreves a entrar en mi jardín y robarme las verdezuelas? –chilló la bruja–. Te arrepentirás de esto.

–Por favor, ten compasión de mí –suplicó el hombre–. No soy ningún ladrón. Solo quería ayudar a mi

19

esposa, que espera nuestro primer hijo y me dijo que moriría si no probaba las verdezuelas.

Al oír esto, la bruja cambió de actitud.

–Si es como dices, llévate cuantas necesites. Pero a cambio me quedaré con vuestro hijo cuando nazca y lo cuidaré como una madre. ¿Aceptas el trato?

El hombre estaba tan asustado que aceptó y salió corriendo. Poco después de nacer su hija, la bruja se presentó en su casa. Llamó a la niña Verdezuela, como las plantas de la discordia, y se la llevó con ella.

Verdezuela creció hermosa, fuerte y sana, con una larguísima cabellera rubia. Al cumplir doce años, la bruja la encerró en

lo alto de una torre en medio del bosque.
La torre no tenía puerta ni escaleras, tan solo
una ventana en lo alto a la que solo podía
acceder la bruja malvada.

Cada día, cuando la visitaba, se ponía debajo
de la ventana y le gritaba:

—¡Verdezuela, Verdezuela, suelta tu melena
para que trepe por ella!

Entonces la joven enrollaba sus trenzas
alrededor del pestillo de la ventana y las
dejaba caer hasta el suelo. La bruja trepaba
por ellas como si fueran una escalera.
Así fue como transcurrió la solitaria
vida de Verdezuela durante varios años.

Hasta que un buen día, un joven
príncipe que paseaba a caballo por el
bosque oyó una voz muy melodiosa.
Era Verdezuela, que cantaba.
El príncipe se sintió tan atraído por
aquella voz que siguió su rastro hasta
llegar a la torre.

Sin embargo, al no poder entrar,
regresó a su palacio muy entristecido.
Le había impresionado tanto la

encantadora voz de Verdezuela que decidió volver cada día para escucharla cantar.

Un día, oculto detrás de un árbol, vio cómo la bruja se acercaba a la torre y gritaba:

—¡Verdezuela, Verdezuela, suelta tu melena para que trepe por ella!

Entonces vio la larga cabellera y a la bruja subiendo a toda prisa.

—Si este es el camino, yo también probaré fortuna —pensó.

Al día siguiente, al atardecer, el príncipe se acercó a la torre y gritó:

—¡Verdezuela, Verdezuela, suelta tu melena para que trepe por ella!

De inmediato, la cabellera se deslizó hasta el suelo y el príncipe subió a la torre. Al principio Verdezuela se asustó un poco, pero enseguida se dio cuenta de que podía confiar en él.

–Desde la primera vez que oí vuestra voz deseé con todas mis fuerzas veros. Ahora mi mayor deseo es que aceptéis casaros conmigo.

Verdezuela se había enamorado perdidamente del príncipe, así que aceptó sin dudarlo.

–Ojalá pudiera irme ahora mismo con vos –dijo Verdezuela–. Traedme un ovillo de hilo de seda cada vez que me visitéis para tejer una escalera, así podré huir.

Y así fue. Durante el día Verdezuela recibía la visita de la bruja

y de noche la del príncipe. La bruja no sospechó nada hasta que un día la joven despistada le preguntó:

–¿Cómo es que me cuesta más subiros a vos que al príncipe?

–¿De qué príncipe estás hablando, traidora? –bramó la bruja–. ¡Te has burlado de mí!

Entonces tomó unas tijeras y le cortó la preciosa cabellera rubia. La sacó de la torre y la dejó a su suerte en medio del bosque.

Aquella noche, el príncipe acudió a la cita y llamó a la joven como de costumbre:

–¡Verdezuela, Verdezuela, suelta tu melena para que trepe por ella!

Pero arriba le estaba esperando la bruja. Ató el cabello de Verdezuela al pestillo de la ventana y lo dejó caer. El príncipe subió contento y feliz, hasta que topó con la mirada furiosa de la bruja malvada.

VERDEZUELA

–Vaya, vaya –se burló–. ¿Pensabas que podrías llevarte a mi hija así como así? Pues que sepas que nunca más volverás a verla.

Sumido en una gran desesperación, el príncipe se tiró por la ventana de la torre. Habría muerto de no ser porque cayó sobre unas zarzas, pero los pinchos se le clavaron en los ojos y le dejaron ciego. Durante años vagó por el bosque llorando por su amada y alimentándose como pudo hasta que fue acercándose a la zona donde vivía Verdezuela y los gemelos de ambos que había tenido.

Aquella vez también le atrajo una voz melodiosa que le llegaba a través del follaje de los árboles y que decidió seguir. Verdezuela lo reconoció enseguida. Corrió en su busca y lo abrazó entre sollozos. Mientras lloraba de alegría y de dolor, dos de sus lágrimas resbalaron por sus mejillas y cayeron en los ojos del príncipe, que de esta forma recuperó la vista.

El príncipe se llevó a Verdezuela y a sus hijos a su reino, donde vivieron felices el resto de sus vidas.

25

El príncipe encantado

Había una vez un rey que solo tenía una hija. Al ser hija única, no le faltaba de nada. Tenía una habitación con todos los juguetes del mundo, un poni y un armario lleno de bonitos vestidos. Aun así, la princesa se sentía sola.

–¡Cómo me gustaría poder jugar con alguien! –suspiraba.

El juguete preferido de la princesa era una pelota dorada con la que jugaba a diario en el jardín del palacio. Cuando la tiraba hacia arriba parecía tener vida propia y rozar las nubes antes de regresar a las manos de su dueña.

Un día ventoso la princesa jugaba en el jardín como de costumbre. Lanzó la pelota hacia arriba pero esta vez no cayó en sus manos, sino en el estanque, con tan mala suerte que se hundió hasta el fondo.

—¿Qué voy a hacer ahora sin mi juguete preferido? —sollozó la princesa.

Entristecida, se sentó junto al estanque y se puso a llorar.

De pronto, oyó un ¡PAF! y apareció un enorme sapo detrás de ella.

—¡Puaj! ¡Fuera de mi vista, bicho asqueroso! —gritó la princesa.

Pero para su sorpresa el sapo le contestó con voz melodiosa:

—Os he oído llorar y he venido por si necesitabais ayuda.

—¡Ah, gracias! —contestó la princesa cuando

se repuso del susto–. Mi pelota se ha hundido en el fondo del estanque. ¿Podrías ir a buscarla?

–Claro que sí –contestó el sapo–. Pero ¿qué recibiré a cambio?

–Si la encuentras puedes quedarte con mis joyas, mis mejores ropas y hasta mi corona –le dijo la princesa sin dudarlo con tal de recuperar su juguete preferido.

–No quiero vuestras joyas ni vuestras ropas ni vuestra corona –afirmó el sapo–. Solo quiero ser vuestro amigo, comer en vuestro plato de oro y beber en vuestra copa de oro. Además, dormiré sobre una almohada de seda junto a vuestra cama y me daréis un beso de buenas noches.

–Haré todo lo que me pides –dijo la niña–. Pero solo si encuentras mi pelota dorada.

–Recordad vuestra promesa –advirtió el sapo antes de sumergirse en el estanque.

Al rato apareció con la pelota y la lanzó sobre la hierba. La princesa

estaba tan contenta que ni siquiera le dio las gracias al sapo y echó a correr en dirección al palacio.

Aquella noche un cortesano interrumpió la cena del rey, la reina y la princesa en el salón imperial.

—Su Majestad, en la puerta hay un sapo que pregunta por la princesa. Dice que le ha prometido cenar con él.

—¿Es eso cierto? —le preguntó el rey a su hija mirándola algo enfadado.

—Sí, es cierto —contestó ella con voz tenue.

Y entonces le contó a su padre toda la historia.

—Siempre que se promete algo hay que cumplirlo, las promesas son deudas, así que dejemos que el sapo cene contigo —accedió el rey.

De modo que el sapo entró y se puso a dar saltos por todo el salón imperial. De un brinco se subió a la mesa y se puso junto a la princesa, que se llevó un buen susto.

—Me prometisteis que podría comer de vuestro plato de oro —dijo el sapo mientras toqueteaba la comida.

A la princesa le dio tanto asco que apartó el plato. Pero entonces el sapo metió su lengua interminable dentro de la copa y se bebió hasta la última gota.

—Me lo prometisteis —le recordó.

Al terminar, el sapo estiró sus patas largas y verdes, bostezó y dijo:

—¡Qué sueño que tengo! Por favor, llevadme a vuestro dormitorio.

–¿Debo hacerlo? –preguntó la princesa poco convencida a su padre.

–Por supuesto que sí –le contestó el rey–. El sapo te ayudó cuando le necesitabas y le hiciste una promesa.

De manera que la princesa llevó al sapo a la habitación, pero cuando llegó a la puerta le advirtió:

–En mi habitación hace mucho calor. ¿Seguro que no quieres quedarte fuera?

Pero tan pronto como la princesa abrió la puerta, el sapo saltó de su mano y aterrizó en la cama.

—Me prometisteis que dormiría sobre un cojín de seda junto a vuestra cama —le recordó el sapo.

—Sí, no te preocupes —contestó la princesa viendo horrorizada las huellas que había dejado el sapo sobre las sábanas blancas.

Cuando la sirvienta trajo el cojín, el sapo se puso encima e hizo ver que estaba dormido.

—Suerte que no se ha acordado de la última promesa —pensó aliviada la princesa.

Pero cuando se disponía a meterse en la cama, el sapo abrió los ojos y dijo:

—¿Y mi beso de buenas noches?

—¡Ay de mí! —pensó la princesa mientras cerraba los ojos y fruncía los labios bien apretados para besar la cara fría y húmeda del sapo.

—Ahora abrid los ojos —le dijo una voz que no era la del sapo.

Cuando los abrió, vio que el sapo se había convertido en un príncipe. La princesa no sabía cómo reaccionar ante aquella sorpresa.

EL PRÍNCIPE ENCANTADO

—Muchas gracias —dijo el príncipe. Acabáis de librarme del hechizo de una bruja malvada. Me convirtió en sapo y me dijo que solo podría volver a mi estado si una princesa comiera conmigo, durmiera a mi lado y me diera un beso.

Los dos corrieron a explicarle al rey lo sucedido.

—A partir de ahora puedes quedarte en el palacio, mi hija necesita un amigo —dijo el rey lleno de alegría.

Desde entonces, el príncipe se convirtió en el mejor amigo de la princesa, que nunca más volvió a estar sola. Él le enseñó a jugar al fútbol con su pelota dorada y ella a montar en poni. Años después se casaron y tuvieron muchos hijos que se lo pasaban pipa jugando a la pídola. ¡A ver si adivináis por qué!

Ricitos de Oro

Érase una vez una niña que tenía una larga cabellera rubia y rizada a la que todos llamaban Ricitos de Oro. La niña vivía con su madre en una bonita casa en medio del bosque.

–¿Quieres que recoja flores? –le preguntó un buen día a su madre.

–Claro que sí –le contestó ella–. Pero ten cuidado de no perderte. No te alejes demasiado y no tardes mucho. Ricitos de Oro le dio un gran abrazo a su madre y le prometió que iría con cuidado. Se colgó una cesta en el brazo y se adentró en el bosque.

Primero vio unos grandes narcisos de colores vivos. Cortó unos cuantos y los puso en la cesta. Más adelante vio unas preciosas campanillas y recogió unas cuantas. Un poco más allá encontró unas caléndulas y también las metió en la cesta.

Ricitos de Oro estaba tan entretenida recogiendo flores silvestres que se adentró cada vez más en el bosque. De repente se dio cuenta de que se había perdido. No sabía cómo volver a casa y, además, empezaba a tener hambre y sueño.

Entonces distinguió una pequeña cabaña entre los árboles.
Se acercó hasta allí y miró por la ventana. Dentro no había nadie.
Pero como la puerta estaba abierta, decidió entrar. Encontró una
mesa puesta con tres cuencos humeantes de sopa, uno grande, otro
mediano y otro pequeño. Alrededor también había tres sillas, una
delante de cada cuenco; una grande, otra mediana y otra pequeña.

Ricitos de Oro estaba tan cansada que necesitaba sentarse.

RICITOS DE ORO

Primero se sentó en la silla grande, pero era dura e incómoda. Luego probó la mediana, que tampoco estaba hecha a su medida. Por último intentó sentarse en la pequeña, con tan mala suerte que se rompió al no soportar su peso.

–¿Y ahora qué hago? –pensó.

En lugar de sentarse, decidió probar la sopa para matar el hambre. Primero probó una cucharada del cuenco grande, pero estaba demasiado caliente. Luego probó una cucharada del mediano, pero estaba demasiado espesa. Por último probó una cucharada del pequeño, y estaba tan deliciosa que se la acabó.

–¡Qué sueño me está entrando! –bostezó Ricitos de Oro al terminarse la sopa del cuenco pequeño–. Me pregunto si habrá una cama cómoda en la que pueda tumbarme un rato.

Ni corta ni perezosa, Ricitos de Oro subió al piso de arriba y encontró un dormitorio con tres camas. Una era grande, otra mediana y otra pequeña. Primero probó la grande, pero era dura e incómoda. Luego probó la mediana, pero era demasiado blanda. Por último probó la pequeña que era perfecta pues estaba calentita y era muy acogedora. En un santiamén, Ricitos de Oro se quedó dormida como un tronco.

En aquel preciso momento llegó la familia de los tres osos que vivían en la cabaña. Al llegar a la puerta se dieron cuenta de que alguien había entrado en la casa.

–¿Quién se ha sentado en mi silla? –preguntó Papá Oso con voz grave y áspera.

–¿Y quién se ha sentado en la mía? –preguntó Mamá Osa con voz melodiosa.

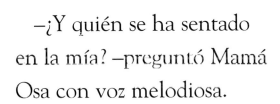

–¿Quién ha roto mi silla? –preguntó finalmente Bebé Oso con voz chillona.

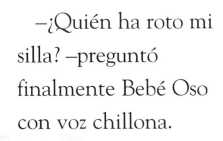

39

Acto seguido los tres osos echaron un vistazo a la mesa.

–Alguien ha probado mi sopa –dijo Papá Oso.

–Y la mía –dijo Mamá Osa.

–¿Quién se ha comido la mía? –preguntó Bebé Oso entre sollozos.

Al rato, subieron al dormitorio para seguir inspeccionando la casa.

–¿Quién ha dormido en mi cama? –preguntó Papá Oso.

–¿Y quién ha dormido en la mía? –preguntó Mamá Osa.

De repente, Bebé Oso dio un grito de sorpresa.

–¡Papá, mamá! ¡Mirad! –gritó–. ¡Hay alguien durmiendo en mi cama!

Con tanto ruido, Ricitos de Oro se despertó con un sobresalto. Levantó la cabeza y vio a los tres osos que la observaban. Se asustó tanto que salió disparada de la cama, bajó las escaleras como una exhalación y salió de la cabaña. Luego corrió sin descanso hasta que llegó a su casa. Y así fue cómo Ricitos de Oro visitó por primera y última vez la cabaña de los osos en el bosque.

41

Labán el león

Érase una vez un cachorro de león llamado Labán. Pese a ser muy pequeño, estaba convencido de ser el más valiente de toda África. Si su madre le enseñaba a acechar a las presas, Labán era tan impaciente que se abalanzaba sobre ella. Si le enseñaba a lavarse, Labán lamía la cara de su hermana hasta que esta le lanzaba un buen rugido. Si mamá leona llevaba a sus cachorros al río, Labán se metía dentro y chapoteaba hasta empapar a todo el mundo.

Las otras leonas no lo encontraban nada divertido.

–Vigila a tu hijo de cerca –advertían–. Cualquier día de estos le pasará algo.

Un día mamá leona llevó por primera vez a sus cachorros de caza.

–No os separéis de mí y no os pasará nada.

La leona avanzó sigilosamente a través de la maleza
seguida por sus cuatro cachorros. Labán iba el
último. La hierba le hacía cosquillas en la barriga
y a punto estuvo de ponerse a reír, pero estaba
decidido a portarse bien. Siguió a sus hermanos sin perder de vista
la cola del que iba delante. Avanzaron un buen rato y Labán
empezó a sentirse algo cansado.

–Pero un león valiente nunca se rinde –pensó mientras retomaba
la marcha.

Al rato, la hierba dio paso a un claro. Cuando Labán alzó la
vista, descubrió aterrorizado que había estado siguiendo la cola
de una cría de elefante en lugar de la de sus hermanos. Se había
despistado en algún tramo del trayecto y ahora se había perdido.
Estuvo a punto de llamar a gritos a su madre, pero entonces
recordó que era el león más valiente de África. De modo que se
dirigió a mamá elefanta y le lanzó el rugido más potente que pudo.

—Se asustará tanto que saldrá despavorida –pensó Labán–. Seguro que no sabe ni rugir.

El cachorro no se equivocaba, puesto que la elefanta no le devolvió el rugido. Pero sí levantó la trompa y barritó tan fuerte que levantó a Labán del suelo y lo estampó contra el tronco de un árbol.

Cuando se puso en pie sintió que le temblaban las rodillas.

—Vaya, ¡menudo rugido! –pensó–. Suerte que soy el león más valiente de toda África.

Entonces Labán se dirigió a la llanura. Era mediodía y hacía mucho calor, así que no tardó en entrarle sueño.

—Voy a echar una siesta encaramado a este árbol –pensó, y empezó a trepar por las ramas.

Pero arriba le esperaba una sorpresa. Un gigantesco leopardo se había apropiado del árbol.

—Ahora verá quién manda aquí —pensó Labán enseñándole sus garras diminutas.

El leopardo alzó la vista para ver al cachorro y le enseñó las suyas, enormes y afiladas como una navaja. Dio un zarpazo en el aire y, sin ni siquiera rozarle, lanzó a Labán por los aires hasta que cayó de bruces.

Cuando se puso en pie sintió que le temblaban las patas.

—Vaya, ¡menudas garras! —pensó—. Suerte que soy el león más valiente de toda África.

Labán retomó su camino a través de la llanura. Al rato empezó a tener hambre.

—Voy a ver si encuentro algo para comer —pensó.

Y entonces se abalanzó sobre lo que parecía un ágape muy suculento. Lo que no sabía el cachorro era que se trataba de

un guepardo. Rápido como un rayo, el guepardo dio un gran salto
y a la vez un golpe de cola que hizo girar a Labán como si fuera
una peonza.

Cuando dejó de dar vueltas, se levantó y sintió que le temblaba
todo el cuerpo.

–Vaya, ¡menuda rapidez! –pensó, y luego añadió con voz tenue–:
Suerte que soy el león más valiente de toda África.

Labán siguió avanzando por la llanura. Estaba anocheciendo
y empezó a desear volver a casa con su madre y sus hermanos.

–Me pregunto si me habrán echado de menos –pensó con
tristeza mientras una lágrima resbalaba por su mejilla peluda.

Se adentró en la maleza muerto de hambre y de frío y se quedó
dormido.

Poco después le despertó el ruido más fuerte que había oído en
toda su vida, mucho más que el barrito de la elefanta. Se extendió
por toda la selva e hizo temblar las hojas de los árboles. El ruido era

cada vez más fuerte y el animal que lo emitía estaba cada vez más cerca. Labán alzó la vista desde su escondite y vio una gigantesca criatura de pelaje dorado con grandes ojos amarillos que brillaban en la oscuridad. Una impresionante melena le rodeaba la cabeza, mientras que las rojas mandíbulas enseñaban unos colmillos de lo más afilado. ¡Cómo rugía! Labán estaba muerto de miedo y, cuando estaba a punto de huir, el animal se detuvo y le dijo:

–Ven conmigo, Labán –le dijo con amabilidad–. Soy tu padre y he venido para llevarte a casa. Súbete a mi lomo, pequeño.

El cachorro le obedeció y ambos regresaron a casa. Al llegar, su padre explicó a su madre y a sus hermanos y hermanas que después de todo Labán era un león muy valiente.

Blancanieves

Érase una vez una joven reina que cosía junto a una ventana abierta en pleno invierno. Cuando levantó la vista y vio que empezaba a nevar, se pinchó el dedo y tres gotas de sangre cayeron sobre la nieve. La imagen de la sangre roja sobre la nieve blanca enmarcada con el ébano negro de la ventana era tan impactante que la reina pensó que si algún día tenía una hija sería roja como la sangre, blanca como la nieve y negra como el ébano.

Con el tiempo, el deseo de la reina se hizo realidad. Tuvo una niña con la piel blanca como la nieve, los labios rojos como la sangre y el cabello negro como el ébano. Por desgracia, la reina murió poco después de dar a luz, y el rey le puso a su hija el nombre de Blancanieves. Enseguida, el rey se casó de nuevo. Su segunda mujer era tan hermosa como la primera, pero también era vanidosa. Tenía un espejo mágico al que solía preguntarle:

—Espejito, espejito mágico. ¿Quién es la más bella?

Y el espejo respondía:

—Vos, mi señora, sois la más bella de todas las mujeres.

Entonces la reina se ponía muy contenta, puesto que el espejo siempre decía la verdad. Blancanieves fue creciendo cada día más bonita. Un día la reina se miró en el espejo y le preguntó:

—Espejito, espejito mágico. ¿Quién es la más bella?

Y el espejo le respondió:

—Vos, mi señora, sois bella, pero Blancanieves lo es más.

Desde entonces, la reina empezó a odiarla. Quería deshacerse de la niña, así que llamó al cazador de palacio y le pidió lo siguiente:

—Llévate a Blancanieves al bosque, mátala y tráeme su corazón.

Pero el cazador fue incapaz de matarla, así que le pidió que se escondiera en el bosque.

—No sobrevivirá muchos días sin comida ni cobijo —pensó triste.

Para contentar a la reina, mató un jabalí y le llevó el corazón.

Blancanieves caminó por el bosque hasta que se perdió. Por suerte, vio una cabaña. Dentro había una mesa preparada con un mantel y siete cubiertos, comida y bebida. Arrimadas a una pared estaban las siete camas con edredones blancos. Blancanieves tenía tanta hambre que tomó un bocado de cada plato y sorbió un trago de cada copa. Luego probó todas las camas. Algunas eran muy largas, otras demasiado cortas o demasiado estrechas, hasta que encontró una que parecía hecha a su medida. Se acostó y se quedó dormida. Al rato, los dueños de la casa regresaron. Eran siete enanitos que trabajaban todo el día en la mina de oro de la montaña. Los enanitos enseguida se dieron cuenta de que alguien había entrado en su casa.

—Alguien se ha sentado en mi silla —dijo el primero.

—Y se ha terminado mi comida —dijo el segundo.

—Y se ha bebido mi vino —dijo el tercero.

—Y ha utilizado mi cuchillo —dijo el cuarto.

–Y mi tenedor –dijo el quinto.

–Y mi cuchara –dijo el sexto.

–¡Y está durmiendo en mi cama! –dijo el séptimo.

Los siete enanitos rodearon a Blancanieves. Parecía dormir tan apaciblemente que no la despertaron.

A la mañana siguiente, al despertar, se asustó un poco, pero los enanitos la tranquilizaron. La niña les explicó lo sucedido.

–Puedes quedarte con nosotros –le dijeron–. Aquí no corres ningún peligro.

De modo que Blancanieves se quedó con los siete enanitos. Cada día, cuando se iban a la mina, le decían:

–Pase lo que pase, no abras la puerta a nadie.

Creyendo que Blancanieves estaba muerta, la reina había recuperado la felicidad. Pero por poco tiempo, puesto que un día se miró al espejo y le preguntó:

–Espejito, espejito mágico. ¿Quién es la más bella?

Y el espejo le respondió:

–Vos, mi señora, sois bella, pero Blancanieves lo es más. Vive sana y salva en las colinas, en la cabaña de los siete enanitos.

La reina se puso furiosa.

—¡Esta vez la mataré yo misma! —chilló enfadada.

Se disfrazó de vendedora y se dirigió a casa de los enanitos.

—¡Vendo brocados! ¡Encajes y lazos! —anunciaba.

Blancanieves miró por la ventana y quedó maravillada.

—Solo echaré un vistazo, seguro que no me pasará nada.

Abrió la puerta y eligió un precioso lazo.

—Deja que te lo ponga —propuso la anciana—. Pero le ató el corpiño tan fuerte que Blancanieves se quedó sin respiración y se desmayó.

Al regresar a casa, los enanitos encontraron a Blancanieves tendida en el suelo. Cuando le deshicieron el lazo volvió en sí y ella les explicó lo sucedido.

—Seguro que ha sido la reina —dijeron—. Y seguro que vuelve.

Al cabo de un tiempo, la reina se miró de nuevo en el espejo y le preguntó:

—Espejito, espejito mágico. ¿Quién es la más bella?

Y, una vez más, el espejo le respondió:

—Vos, mi señora, sois bella, pero Blancanieves lo es más. Vive sana y salva en las colinas, en la cabaña de los siete enanitos.

La reina no daba crédito a lo que oía. Esta vez no fallaría. Envenenó un peine y se dirigió de nuevo a la casa con otro disfraz.

—¡Vendo peines! ¡Preciosos peines de marfil! —anunciaba.

Pero esta vez Blancanieves se negó a abrir la puerta.

—Entonces deja que te lo enseñe por la ventana —propuso la reina.

—Solo echaré un vistazo, seguro que no me pasará nada —pensó Blancanieves mientras quitaba el pestillo.

—Deja que te cepille la hermosa cabellera —dijo la reina asomada a la ventana.

Pero apenas el peine rozó el cabello de Blancanieves, el veneno empezó a hacer efecto y la niña se desmayó.

BLANCANIEVES

Al regresar a casa, los enanitos encontraron a Blancanieves
tendida en el suelo. Cuando le quitaron el peine, volvió en sí
y les explicó lo sucedido. Mientras tanto, la reina había vuelto
apresuradamente al castillo para preguntarle al espejo mágico
quién era la más bella. Pero, una vez más, obtuvo la misma
respuesta. De manera que esta vez decidió ir a por todas. Eligió una
manzana verde por un lado y roja por el otro. Envenenó la parte
roja y se dirigió a casa de los enanitos haciéndose pasar por la
esposa del granjero. Blancanieves volvió a negarse a abrir la puerta.

–Si no quieres comprar mis manzanas no pasa nada. Te doy una
para que la pruebes –le dijo mientras le tendía la fruta.

–No, no puedo aceptarla –dijo Blancanieves.

–¿Y si yo me como una mitad y tú la otra? –preguntó la reina.

–Siendo así, seguro que no está envenenada –pensó Blancanieves.

La reina cortó la manzana por la mitad.

–Yo me comeré la parte verde, que es más ácida,
y tú la roja, que es más dulce –le dijo.

Blancanieves tomó la manzana, pero apenas le dio
un mordisco se desplomó en el suelo.

La reina se apresuró a llegar al castillo y esta vez el espejo mágico le respondió:

—Vos, mi señora, sois la más bella de todas.

Al regresar a casa, los enanitos encontraron a Blancanieves tendida en el suelo y, cuando vieron que estaba muerta, lloraron desconsoladamente. La introdujeron en una urna de cristal, la subieron a una colina y la velaron durante días. Un día un príncipe que pasaba por allí vio la urna. Quedó tan impresionado al ver a Blancanieves que preguntó a los enanitos si podía llevársela. Al principio se negaron, pero luego se compadecieron de él y aceptaron. Cuando los sirvientes del príncipe levantaron la urna, uno de ellos tropezó. Con el movimiento, el trozo de manzana salió por los aires y Blancanieves pudo al fin respirar.

El príncipe le pidió que se casara con él e invitaron a todo el mundo a la boda. Y de la reina malvada nunca más se supo.

El árbol mágico

Tasio se frotó los ojos, parpadeó repetidamente y miró de nuevo por la ventana. Seguía allí, un roble gigantesco que antes no estaba. Era tan grande que de haber estado se habría dado cuenta. Se habría subido hasta lo más alto sin pensárselo dos veces porque nada le divertía más que trepar por los árboles.

No, seguro que ayer no estaba. Tasio se quedó mirando el árbol con una mezcla de asombro e incredulidad. Allí estaba, con sus grandes ramas extendidas que pedían a gritos que alguien trepara por ellas. Tasio se preguntó cómo era posible que hubiera aparecido allí de repente, pero pensó que antes que hacerse demasiadas preguntas lo mejor sería subirse hasta arriba. Al fin y al cabo, siempre hay tiempo para hacerse preguntas pero siempre falta tiempo para hacer cosas, pensó.

Tasio se vistió y salió al jardín para observar de cerca el nuevo árbol. Parecía un hermoso roble normal y corriente. Tenía un montón de ramas extendidas y muchísimas hojas verdes y redondeadas. Y también una corteza oscura y llena de surcos, como todos los robles.

De manera que se dispuso a trepar por él. Puso un pie en la rama más baja y subió a la siguiente. Avanzaba muy deprisa porque había ramas por todas partes. Llegó a la frondosa copa en un periquete, y en un momento, ya ni siquiera veía el suelo. Pero algo no marchaba bien, era muy extraño. Las ramas que tenía bajo los pies eran tan grandes que podía caminar sobre ellas en cualquier dirección. Además, las ramas que le rodeaban parecían árboles. De repente se dio cuenta de que el árbol se había transformado en un bosque.

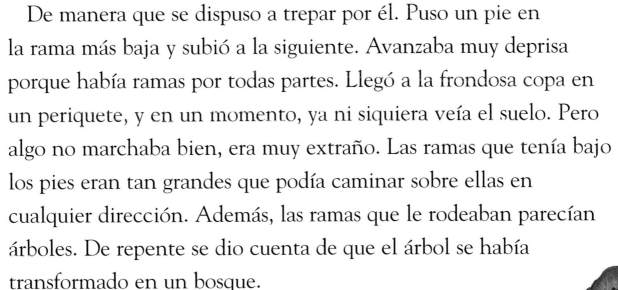

A Tasio no le gustaba nada todo esto y hubiera preferido bajarse de allí. Pero ¿bajar adónde? Solo veía árboles gigantescos y alguna senda que se adentraba en el bosque. Tasio no sabía cómo había llegado hasta allí pero de repente se encontraba perdido en medio de un bosque. ¡Y ni siquiera había desayunado!

Por si fuera poco, estaba anocheciendo.

—¡Rápido, por aquí! —gritó alguien.

Tasio se asustó, pero se asustó aún más al ver que la voz pertenecía a una ardilla.

—¡Una ardilla que habla! —exclamó.

—¿A qué viene tanta sorpresa? —contestó bruscamente el animal—. Escúchame con atención. Corres peligro y no hay tiempo que perder. Hay que librarte de las garras del malvado Hechicero de los Bosques.

EL ÁRBOL MÁGICO

La ardilla le contó que, hacía muchísimos años, había caído una maldición sobre el bosque, que desde entonces estaba encantado. De vez en cuando, el Hechicero de los Bosques, dueño y señor del lugar, atraía a alguien confiado hasta su reino haciendo aparecer un árbol en su jardín. Al trepar al árbol, esta persona entraba en el bosque, del que era casi imposible escapar.

–Pero ¿por qué hace esto? –preguntó Tasio, que habría preferido no oír la respuesta.

–Para convertirlos en abono y alimentar a los árboles –contestó la ardilla.

Tasio ni siquiera sabía qué era el abono, pero seguro que era algo asqueroso. Cuando oyó lo que dijo la ardilla se puso muy contento:

–Solo hay una forma de salir de aquí. Pero hay que darse prisa. Pronto será de noche y el Hechicero de los Bosques se despertará. Cuando lo haga, olerá tu sangre e irá tras de ti.

59

Dicho esto, la ardilla se subió al árbol más cercano y le dijo:

—¡Sígueme, deprisa!

Tasio trepó detrás de ella.

—¿Dónde me llevas? —preguntó jadeando mientras subía cada vez más.

—A la copa del árbol más alto del bosque —contestó la ardilla mientras pasaba de árbol en árbol, cada vez más arriba.

—¿Por qué? —preguntó Tasio.

—Porque es la única forma de escapar. ¡Espera y verás! —aseguró el animal.

De repente, dejaron de trepar. Habían llegado a la copa del árbol más alto del bosque. A sus pies y a los lados no había más que árboles. Tasio alzó la vista y al fin pudo ver el cielo del ocaso. Pero también notó algo raro. Las hojas del árbol más alto eran enormes.

–¡Venga, que se acaba el tiempo! –advirtió la ardilla–. Siéntate en esta hoja y agárrate bien.

Tasio obedeció. La ardilla silbó y, en un abrir y cerrar de ojos, se les unieron cientos de ardillas más. Entre todas sujetaron la rama en la que se encontraba la hoja y tiraron una y otra vez de ella hasta que se dobló hacia atrás. De repente, la soltaron. Como un tirachinas, la rama impulsó a Tasio y a su hoja y los lanzó por los aires. Planearon por encima de los árboles hasta que, muy lentamente, la hoja empezó a caer hacia el suelo. Fueron bajando cada vez más hasta que aterrizaron.

Cuando Tasio abrió los ojos, vio que estaba en su habitación. Se asomó a la ventana. El árbol mágico ya no estaba, había desaparecido tan deprisa como había aparecido. O quizá nunca estuvo allí. Quizá no fuera más que un sueño. Y vosotros, ¿qué creéis?

El paraguas de Úrsula

Úrsula siempre había deseado vivir alguna aventura.
Le encantaba leer historias de lugares lejanos
y exploradores, y de niños como
ella que vivían experiencias increíbles.
    –¿Por qué no me pasará nunca nada
interesante? –suspiraba–. Cómo me gustaría
viajar a la luna o bucear hasta el fondo del
océano. ¡Sería tan divertido!

    Un día de viento, Úrsula salió a dar un paseo. Se llevó
el paraguas porque parecía que iba a llover. El paraguas de
Úrsula era rojo con un reluciente mango negro. Además, era tan
grande que la gente solía burlarse de ella cuando se la cruzaban
por la calle porque se veía tan enorme al lado de Úrsula que
parecía caminar solo.

EL PARAGUAS DE ÚRSULA

Al bajar la calle, le cayeron unas gotas en la nariz.

–Será mejor que prepare el paraguas –pensó.

Así que lo abrió y se resguardó bajo él. Pero en ese preciso instante una ráfaga de viento la levantó del suelo y la arrastró por encima de las ventanas de las casas, de los tejados y de las chimeneas, cada vez más y más alto hasta llegar al cielo. Úrsula se agarró bien al mango del paraguas, sorprendida al ver que no tenía ni pizca de miedo. Al contrario, se lo estaba pasando pipa. Miraba hacia abajo y veía las calles y las fábricas pasando veloces bajo sus pies. Después vio campos y algo parecido a un hilo de plata serpenteante.

–¡Es un río! –pensó Úrsula.

Ahora podía ver la costa, y el paraguas la llevó volando hasta el océano. Al principio el mar se veía gris, pero poco a poco se fue volviendo azul intenso con espumosas olas blancas.

–¡Lo que daría por darme un baño! –exclamó.

Y en aquel preciso instante el paraguas empezó a descender.

Al mirar abajo, Úrsula comprobó que se dirigían a una isla en mitad del océano. Al llegar, planearon sobre las palmeras y, al tocar el suelo, notó la arena bajo sus pies.

–¡Voy a bañarme!

Cerró el paraguas y se dirigió hacia la playa. Se puso a chapotear y comprobó que el agua tenía la temperatura ideal, además de ser increíblemente cristalina. Incluso distinguía los peces de colores entrando y saliendo de los corales.

–¡Vaya! –exclamó Úrsula en voz alta–. ¡Vaya! –repitió en voz aún más alta cuando vio una aleta negra que se le acercaba.

–¡Un tiburón! –gritó, pero nadie podía oírla.

De repente, una ráfaga de viento abrió el paraguas, que flotó hasta donde se encontraba Úrsula. Nadó veloz en su busca, se subió encima y se alejó de la costa.

–¡Menuda aventura! –pensó.

Al rato, dio un vistazo por encima del

64

borde del paraguas y vio que se acercaban de nuevo a la costa. Acababan de llegar a la selva. Cerró el paraguas y se adentró en la maleza. Siguió un caminito lleno de vegetación entre los árboles.

—Me pregunto adónde llevará —pensó Úrsula.

Se secó el sudor de la frente y aplastó los insectos que le iban a la cara. Cada vez se adentraba más y más en la selva.

De repente oyó el sonido del agua y se dio cuenta de que se encontraba en la orilla de un río. Después oyó otro ruido, mucho más fuerte. Esta vez parecía un animal gigantesco abriéndose paso entre la maleza.

Úrsula no sabía hacia dónde correr, pero en ese preciso instante el paraguas cayó al río como si fuera un

65

puente. La niña pasó a la otra orilla evitando mirar hacia abajo.
Cuando pisó tierra firme, se giró y vio un puma de relucientes ojos
verdes que la observaba desde el otro lado.

–¡Uf, me he librado por los pelos! –exclamó.

Entonces distinguió una montaña a través de los árboles
y decidió ir hasta allí.

–Si puedo subir hasta la cumbre tendré una vista estupenda
y quizá averigüe cómo volver a casa –pensó.

Al llegar a los pies de la escarpada montaña vio que era
imposible escalarla. Estaba a punto de dar media vuelta cuando
volvió a sorprenderla una ráfaga de viento. Agarrada al paraguas,
Úrsula voló hasta lo alto en un abrir y cerrar de ojos.

Cuando el paraguas la dejó caer suavemente, notó
la nieve bajo sus pies. Se había levantado ventisca
y lo único que veía eran copos de nieve en todas
direcciones.

66

El paraguas de Úrsula

—Solo puedo hacer una cosa —decidió.

Y entonces apoyó el paraguas en la nieve, se subió encima de él y se deslizó por la otra falda de la montaña como si fuera un trineo.

Para su sorpresa, cuando el paraguas llegó abajo no se detuvo sino que siguió atravesando la tormenta de nieve hasta que al final, al cabo de muchísimo rato, se paró justo delante de la puerta de su casa.

—¡Menuda aventura! —pensó Úrsula sacudiendo la nieve del paraguas antes de cerrarlo.

Al entrar en casa su madre le preguntó:

—Pero, madre mía ¿de dónde vienes con esa pinta? Cualquiera diría que has estado en los confines de la Tierra.

Úrsula estuvo a punto de contestar que era precisamente allí donde había estado, pero luego pensó que nadie la creería. Así que decidió no decir nada y mantener su gran aventura en secreto.

La muñeca Esmeralda

Esmeralda era una muñeca de trapo que vivía arrinconada en una estantería oscura y polvorienta del armario de los juguetes. Llevaba muchísimo tiempo sentada, con la mirada fija en la estantería de arriba. Ni se acordaba de la última vez que Clara, su dueña, la había tomado entre los brazos, y mucho menos de la última vez que estuvo en el cuarto de juegos. Su preciosa melena rubia se había enredado y el vestido azul estaba arrugado, roto y desteñido. Siempre que Clara abría el armario albergaba la esperanza de que volvería a elegirla, pero la niña siempre escogía otros juguetes más nuevos de la primera fila. Cuando los guardaba, Esmeralda iba quedando cada vez más arrinconada en el fondo del armario. Suerte que había un agujero en la parte posterior que le dejaba respirar.

La muñeca Esmeralda

Últimamente Esmeralda se sentía muy sola. Había compartido el estante con el Osito Tuerto, hasta que un día se cayó por el agujero y no lo volvió a ver. Esmeralda lo echaba muchísimo de menos. Quizá sería la siguiente en caer, lo que le producía una mezcla de emoción y temor a partes iguales. A veces imaginaba que caería sobre la mullida cama de plumas de una niña que de verdad la quisiera. Otras, que caería en un lugar plagado de monstruos.

Un día, oyó que la madre de Clara decía:

—Clara, hoy sin falta tienes que limpiar el armario y tirar todos esos juguetes viejos que tienes arrinconados.

Esmeralda vio las manitas de Clara moviéndose por el armario. No soportaba la idea de que la tirara a ella.

—Solo puedo hacer una cosa —se dijo.

De manera que empezó a avanzar hacia el agujero, cerró los ojos y dio un salto. Esmeralda notó que caía, hasta que cayó sobre algo mullido.

—¡Ten cuidado, querida! —dijo una voz que le resultaba familiar. La muñeca abrió los ojos y vio que había caído sobre el Osito Tuerto.

LA MUÑECA ESMERALDA

Los dos juguetes se pusieron tan contentos al verse de nuevo que se dieron un fuerte abrazo.

–¿Qué hacemos ahora? –preguntó la muñeca.

–Tengo una idea –respondió el osito–. Por aquí hay un cochecito oxidado, lo que pasa es que no puedo conducirlo con un solo ojo. ¿Qué te parece? ¿Vamos a dar una vuelta?

–¡Sí, sí! –gritó Esmeralda subiéndose al coche.

–¡Allá vamos! –anunció el Osito Tuerto mientras se ponían en marcha.

–¿Dónde vamos? –preguntó ella.

–A ver el mar –contestó él.

–¿Y por dónde se va al mar? –preguntó Esmeralda sujetándose la cabellera rubia ondeada por el viento.

–Ni idea. Preguntaremos por el camino –aseguró él.

Al girar una curva, vieron un gato negro que cruzaba la carretera.

–Disculpa –dijo el osito–. ¿Sabes dónde está la playa?

–Me da mala espina la gente que disfruta estando en remojo –pensó el gato que, como todos los gatos, odiaba el agua–. Está al otro lado de aquella montaña –mintió.

Cuando llegaron a la cumbre de la montaña, vieron una oveja. Como sabéis, las ovejas no tienen muy buen oído.

–Disculpa –dijo la muñeca–. ¿Sabes dónde está la playa?

Pero la oveja entendió que Esmeralda le preguntaba por las bayas, así que les indicó un huerto cercano que estaba en medio del valle.

Esmeralda y el Osito Tuerto se subieron al coche y emprendieron el camino montaña abajo, pero cuando llegaron al huerto no había ni rastro de agua, solo un montón de arbustos.
No entendían nada.

De repente, un topo sacó la cabeza de debajo de la tierra.

LA MUÑECA ESMERALDA

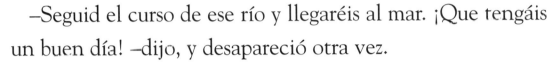

—Disculpa —dijo el osito—. ¿Por casualidad sabes cómo ir a la playa?

Los topos son muy inteligentes, pero muy cortos de vista. Así que dio un vistazo al vestido azul de Esmeralda y lo confundió con un río.

—Seguid el curso de ese río y llegaréis al mar. ¡Que tengáis un buen día! —dijo, y desapareció otra vez.

Esmeralda y el Osito Tuerto estaban cada vez más confusos, ya que no veían ningún río por allí.

—¿Y si nunca encontramos el mar? —sollozó la muñeca.

—No hay que rendirse —la animó el osito—. Seguro que lo encontraremos.

Así que se montaron de nuevo en el cochecito y siguieron su camino. Al rato, el coche empezó a chisporrotear hasta que se paró en la orilla de la carretera.

—¿Qué hacemos ahora? —preguntó la muñeca.

—Esperaremos a ver qué pasa —dijo el osito.

Cuando llevaban un buen rato sentados en la orilla de la carretera, oyeron unos pasos. De repente, alguien tomó a Esmeralda entre las manos.

—¡Mira! ¡Es una muñeca de trapo! —exclamó una niña.

El padre recogió al Osito Tuerto y al viejo coche.

—Los llevaremos a casa para cuidar de ellos —dijo.

Ahora los juguetes viajaban en un coche de verdad y, después de mucho tiempo, volverían a vivir en una casa. La niña llevó a Esmeralda, al Osito Tuerto y al cochecito a su habitación y los puso en el alféizar de la ventana.

–Vuelvo enseguida –susurró.

Esmeralda miró por la ventana y estuvo a punto de ponerse a bailar de la alegría.

–¡Mira, Osito Tuerto! –gritó–. ¡Al final hemos llegado al mar!

Así era, puesto que por la ventana se veía una carretera, y más allá un playa, y un poco más allá el mar.

Los tres juguetes vivieron felices en la casa junto al mar. Esmeralda llevaba trenzas y lucía un precioso vestido nuevo. El Osito Tuerto había recuperado el ojo y ahora veía perfectamente, mientras que el cochecito recibió una nueva mano de pintura y un engrasado de ejes. Muchos días la niña bajaba los tres juguetes a la playa, que pronto olvidaron los días del armario oscuro. La niña solía explicar a sus amigos cómo había encontrado sus tres juguetes preferidos en la orilla de la carretera. En cuanto a ellos tres, de vez en cuando recordaban su aventura y no podían parar de reír.

Cenicienta

Érase una vez una niña muy bella que vivía con su padre viudo. Todo iba bien hasta que su padre se casó de nuevo. Su segunda esposa estaba obsesionada con la limpieza. Todo tenía que estar en su sitio y como los chorros del oro. Pero lo peor eran sus dos malvadas hijas. Las tres tenían muy mal carácter y odiaban con todas sus fuerzas a su hermanastra, que se pasaba el día fregando y lavando, remendando ropa y cocinando. De noche, mientras todos dormían, ella se ocupaba de traer carbón, mantener el fuego encendido y servir la mesa para el desayuno del día siguiente.

La madrastra instaló a sus dos hijas en las mejores habitaciones de la casa y envió a su hijastra al cuarto del desván, el más frío

de la casa, con la cama más dura y la manta más fina. Para calentarse, la joven se sentaba junto a la chimenea con los pies cerca de la ceniza; por ello, la llamaban Cenicienta.

Un buen día, un lacayo llamó a la puerta con una invitación en la mano. Cenicienta la llevó al comedor, donde sus hermanastras estaban desayunando.

–¿Qué llevas ahí? –bramó una de ellas quitándole el sobre de las manos.

Lo abrió con sus uñas largas y afiladas.

–¡Oh! –exclamó–. El príncipe nos invita al baile de mañana por la noche.

La otra hermana se puso a dar saltos de alegría.

–¡Qué bien! ¡Estamos invitadas al baile! –chilló.

–¿Yo también puedo ir? –preguntó tímidamente Cenicienta.

–¿Tú? –gritó la hermana mayor.

–¿Tú, al baile real? –gritó la otra.

Y las dos se echaron a reír a carcajadas. La mayor, que estaba muy gorda, se rió tanto que se quedó sin respiración y le pidió a Cenicienta que le desabrochara el corsé.

Al día siguiente se dedicaron a los preparativos. Cenicienta estuvo muy

ocupada de aquí para allá planchando y almidonando vestidos, rizando cabelleras, arreglando cintas y lazos y apretando los corsés para que sus hermanastras parecieran más delgadas.

–¡Tráeme el collar de perlas! –ordenaba una.

–¡Límpiame los zapatos de fiesta! –mandaba la otra.

Cuando estuvieron preparadas, partieron hacia el palacio en un carruaje.

–¡No nos esperes levantada! –advirtieron.

Cenicienta volvió a la cocina. Por fin, la casa estaba tranquila y silenciosa. Agarró una escoba y bailó por la habitación, imaginando que estaba en el baile.

–Ojalá pudiera estar allí –pensó entre sollozos.

Se sentó junto al fuego para calentarse y se puso a llorar.

–No llores, mi niña –dijo una voz melodiosa.

Cenicienta levantó la cabeza y vio una mujer muy hermosa a la que no conocía.

–¿Quién eres? –preguntó

–Soy tu hada madrina –contestó la mujer–. Y ahora sécate esas lágrimas. ¿Quieres ir al baile?

–Sí, por favor –respondió Cenicienta dando saltos de alegría.

–Entonces, irás –dijo el hada–. Pero primero, ve al jardín y tráeme la calabaza más grande que encuentres.

Cenicienta obedeció. El hada tocó la calabaza con su varita mágica y se convirtió en una reluciente carroza de cristal.

–Ahora necesitamos unos caballos –dijo.

En aquel preciso momento oyeron un ruidito en una esquina de la cocina y cuatro ratones aparecieron de un agujero. El hada los tocó con la varita y de inmediato se convirtieron en cuatro preciosos caballos blancos.

–Nos falta un lacayo –dijo.

Antes de que Cenicienta pudiera articular palabra, convirtió su gato negro en un elegante lacayo.

–Y, por último, un cochero –añadió.

Cenicienta miró a su alrededor y no vio nada. Luego salió al jardín y regresó con un sapo.

–¿Servirá? –preguntó.

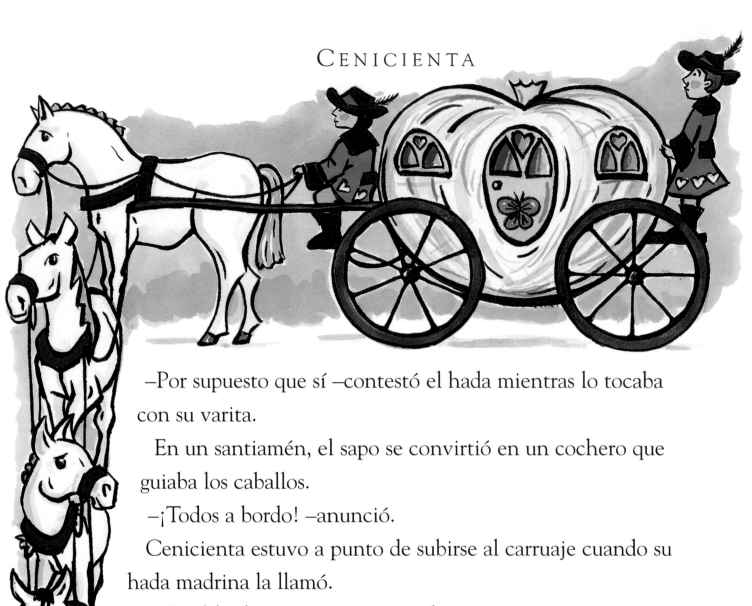

–Por supuesto que sí –contestó el hada mientras lo tocaba con su varita.

En un santiamén, el sapo se convirtió en un cochero que guiaba los caballos.

–¡Todos a bordo! –anunció.

Cenicienta estuvo a punto de subirse al carruaje cuando su hada madrina la llamó.

–Nos falta lo más importante –dijo.

Y entonces la varita mágica convirtió los harapos que llevaba Cenicienta en el vestido de noche más bonito del mundo. Con una gargantilla de diamantes y unos zapatitos de cristal.

–Disfruta del baile –le deseó su hada madrina–. Pero recuerda que debes volver antes de las doce, porque cuando suene la última campanada todo volverá a ser como antes.

Y tras estas palabras, desapareció.

Al llegar al palacio, Cenicienta entró en el magnífico salón de baile lleno de gente. Todo el mundo se detuvo a admirarla, y el príncipe no tardó en pedirle que bailara con él.

—¿Quién es esta joven? —preguntaban los invitados.

El príncipe y Cenicienta bailaron juntos toda la noche. Las hermanastras la miraban sin imaginar quién era en realidad.

—¡Bah! No es tan guapa —aseguró la mayor muerta de envidia.

—Tiene la cintura tan pequeña que va a partirse en dos de un momento a otro —susurró la menor con malicia.

En el banquete, el príncipe insistió en que Cenicienta se sentara junto a él y, tras la cena, continuaron bailando. Cenicienta se lo estaba pasando tan bien que perdió la noción del tiempo. Hasta que las campanas empezaron a dar las doce y recordó la advertencia del hada madrina. Salió a toda prisa del salón sin decir palabra. El príncipe corrió detrás, pero ella corría más deprisa. Al bajar las escaleras su vestido de noche se convirtió en los harapos de siempre y se le cayó uno de los zapatitos de cristal que el príncipe recogió.

Cenicienta llegó muy cansada a casa, y al rato acudieron también sus hermanas.

CENICIENTA

–En el baile hemos visto a la princesa más hermosa del mundo –dijo una.

–El príncipe se ha enamorado de ella y se ha puesto muy triste cuando ha abandonado el baile a medianoche –dijo otra.

El príncipe estuvo toda la noche abrazado al zapatito de cristal, llorando por haber dejado escapar a la joven más maravillosa que jamás había conocido. A la mañana siguiente, se dispuso a buscarla. Envió a sus sirvientes a todos los rincones del reino.

–Me casaré con la mujer que pueda calzarse con este zapato –anunció.

Princesas, duquesas y nobles de todo el territorio se probaron aquel zapato diminuto, pero a ninguna le iba bien.

Hasta que un día, un sirviente llamó a casa de Cenicienta y sus hermanastras.

–¡Yo primero! –gritaban las dos dándose empujones.

Una tenía los dedos del pie tan regordetes que no le cabían en el delicado zapato. La otra los tenía tan largos que ni siquiera le entraban. Cenicienta, que observaba la escena desde un rincón, preguntó:

–¿Puedo probármelo yo?

Sus hermanastras le dijeron:

–¡Qué tontería! Pero si ni siquiera estuviste en el baile.

Pero el sirviente del príncipe dijo:

–Si es lo que deseáis, que así sea.

Cenicienta deslizó el pie dentro del zapatito de cristal que, para sorpresa de sus hermanastras, le iba como un guante.

De repente, vieron un destello de luz y apareció el hada madrina de Cenicienta. La tocó con la varita mágica y los harapos volvieron a transformarse en el vestido de fiesta que había llevado la noche anterior. Solo entonces se dieron cuenta de que era la princesa que habían visto en el baile. Ambas se arrodillaron y le pidieron perdón por haberla tratado mal, con la esperanza de que también fueran invitadas al palacio. El sirviente acompañó a Cenicienta hasta el palacio y, cuando el príncipe la vio, le pidió que se casara con él. La boda fue muy alegre y las hermanastras se comportaron tan bien que hasta recibieron propuestas de matrimonio.

La rebelión de los juguetes

–Luisa, guarda los juguetes –dijo la madre de la niña desde la cocina–. Pronto habrá que irse a la cama.

Luisa dio un gran suspiro.

–¿Tengo que hacerlo? –preguntó refunfuñando aun sabiendo cuál sería la respuesta.

–Claro que sí –dijo su madre–. No tendría que decírtelo cada día, Luisa. Tienes que ser más cuidadosa con ellos.

Tenía razón. Luisa nunca había tratado demasiado bien a sus juguetes. Un día se dejó fuera su muñeca nueva dentro del cochecito y la lluvia la destrozó. Otro día se le cayó el juego de té al suelo y se rompieron algunas tazas. Solía amontonar los juguetes

en el armario en lugar de guardarlos ordenados y, aún peor, cuando estaba de mal humor los tiraba al suelo y hasta les daba puntapiés.

Aquella noche Luisa estaba especialmente malhumorada. Agarró unos cuantos juguetes de mala gana y los tiró dentro del armario. Primero unas muñecas, que fueron cayendo de cabeza. Luego las mesas y las sillas de la casa de muñecas, que tiró bruscamente y fueron a parar a una esquina. Después, sin ni siquiera mirar, agarró unos puzles y una comba y los envió al fondo del armario.

–¡Ya está! –dijo Luisa.

Cerró la puerta del armario apretujando aún más los juguetes y se preparó para bañarse.

Dentro del armario, el osito se quejó:

–No pienso quedarme ni un minuto más en esta casa.

–Yo tampoco –dijo la muñeca de trapo.

–Si nos van a tratar así, nosotros también nos vamos –dijeron los muebles de la casa de muñecas.

83

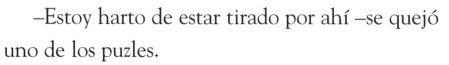

–Estoy harto de estar tirado por ahí –se quejó uno de los puzles.

–Nosotros también –añadieron los patines.

Uno tras otro, todos los juguetes tomaron la decisión de irse. Volverían a Juguetelandia y esperarían a que otros niños más responsables se ocuparan de ellos.

A la mañana siguiente, Luisa fue a buscar la comba. Al abrir el armario se quedó boquiabierta. ¡Habían desaparecido todos los juguetes! ¡Los estantes estaban completamente vacíos!

Primero pensó que su madre los había cambiado de sitio, pero no.

–Seguro que los has metido en alguna parte y no recuerdas dónde –le recriminó.

Luisa se pasó el día buscando sus juguetes por todas partes, pero no estaban. Se durmió entre lágrimas sin saber si podría volver a jugar con ellos. Los echaba muchísimo de menos.

Aquella noche, la despertó un ruido. ¿Eran imaginaciones suyas o a los pies de su cama había una pequeña hada?

–¿Quién eres? –preguntó Luisa.

–Soy el hada mensajera de Juguetelandia –contestó–. Me envían

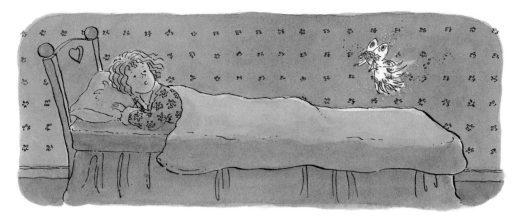

para decirte que tus juguetes han vuelto a su país porque los has tratado mal.

—Pero si los echo mucho de menos —dijo Luisa entre sollozos.

—Si es así, acompáñame y díselo tú misma —dijo el hada.

Dicho esto, el hada se acercó a Luisa y la tomó de la mano. Entonces empezó a agitar las alas muy deprisa y la niña notó cómo iba elevándose poco a poco de la cama. Salieron por la ventana de la habitación y sobrevolaron campos de cultivo y bosques, hasta que la niebla ocultó la vista de Luisa.

Al rato, empezaron a descender. La niebla se dispersó y llegaron a un gigantesco castillo de cuento de hadas rematado con altos torreones y con múltiples ventanas iluminadas con una cálida luz.

—¡Bienvenida al castillo de Juguetelandia! —exclamó el hada mientras acompañaba a Luisa a la entrada y llamaba a la gran puerta roja.

—Adelante —dijo alguien.

Luisa entró en una enorme habitación muy bonita con una gran chimenea. En una esquina estaba sentado

un hombrecito con un mandil de carpintero y una muñeca rota en la mano.

–Hola –saludó–. ¿Has venido para pedir a tus juguetes que vuelvan, no es así?

–Bueno, pues... sí, señor –contestó Luisa sin saber muy bien qué decir.

–Vamos a ver, porque eso dependerá de ellos –dijo el hombrecito–. Solo vuelven a Juguetelandia cuando alguien les trata mal. Si están rotos, los arreglo, y luego van a parar a manos de otros niños que los quieran más.

–Pero yo *quiero* a mis juguetes –sollozó Luisa.

–Entonces será mejor que se lo digas tú misma –dijo el hombrecito con una sonrisa.

Llevó a Luisa a otra habitación en la que, para su sorpresa, estaban todos y cada uno de sus juguetes. Además, volvían a estar nuevos y relucientes. No había ninguno roto, astillado ni rayado.

–Por favor, volved conmigo a casa –les rogó–. Os quiero mucho y os echo de menos, además os prometo que nunca más volveré a trataros mal.

Entonces agarró al osito y le dio un abrazo enorme. Luego hizo lo mismo con los demás juguetes.

–Habrá que esperar la decisión de los juguetes –anunció el hombrecito–. De momento regresa a casa con el hada mensajera y quién sabe, quizá te den otra oportunidad.

Dicho esto, el hada mensajera la tomó de la mano y al poco rato ya estaban sobrevolando el jardín y entrando por la ventana de la habitación. Luisa estaba tan cansada que se durmió enseguida.

A la mañana siguiente se despertó y, con los ojos aún medio cerrados, corrió a abrir el armario. Dentro, perfectamente ordenados en los estantes, la esperaban todos y cada uno de sus juguetes. Luisa estaba contentísima. A partir de aquel día los trató muy bien y los cuidó con cariño.

Luisa nunca supo si todo aquello fue solo un sueño o sucedió en realidad. Claro que si hubiera sido un sueño, ¿por qué sus juguetes volvían a estar nuevos y relucientes?

El castillo de las nubes

Érase una vez una familia que vivía en un pueblo al pie de la montaña. En la cima de esta montaña había un castillo gigantesco de granito. El castillo siempre estaba envuelto en nubes, por lo que los vecinos lo conocían como el castillo de las nubes. Desde el pueblo solo se veían las murallas y las torres, pero nadie se había acercado nunca porque era un lugar que imponía mucho respeto.

Pues bien, esta familia contaba con siete hermanos. Uno a uno se habían ido marchando para hacer fortuna, y ahora le tocaba el turno al menor de todos ellos; se llamaba Samuel. Su única posesión era una gata llamada Rayitas, una excelente cazadora de ratones. A Samuel le preocupaba más tener que abandonar a su mascota que encontrar trabajo, suerte que había tenido una idea genial.

–Veré si puedo emplear a Rayitas en el castillo de las nubes.
Seguro que necesitan un buen cazador de ratones y a lo mejor
pueden darme algún trabajo también a mí –pensó.

Sus padres se llevaron un gran disgusto al conocer su decisión
pero no pudieron hacerle cambiar de opinión. De modo que un
buen día Samuel se fue al castillo con su gata. Pronto, la carretera
empezó a serpentear a través de frondosos pinares. El frío y la niebla
eran cada vez más intensos. Al girar una curva, se toparon con una
gran muralla de piedra gris, que rodearon hasta dar con la puerta.

Samuel se acercó a la puerta del castillo y la golpeó varias veces
con la aldaba. El eco era espeluznante.

–¿Quién anda ahí? –preguntó una voz.

Samuel alzó la vista y vio que desde la ventana abierta
le observaba alguien con recelo.

–Diii...iii...iiisculpe señor. Quería ofrecer los
servicios de mi gata, que es cazadora de ratones.

89

EL CASTILLO DE LAS NUBES

La ventana se cerró de golpe pero al rato una mano le llamó por señas a través de la puerta medio abierta. Una vez dentro, Samuel y Rayitas se encontraron ante un anciano.

—No nos irá nada mal una buena cazadora de ratones, pero si no hace bien su trabajo mi señor os castigará —advirtió el anciano.

Mientras Rayitas buscaba presas para demostrar su destreza, Samuel le preguntó al anciano, que era el guardián del castillo, si por casualidad tenían trabajo para él.

—Puedes ayudar en la cocina. Pero te advierto que hay muchísimo que hacer —anunció.

Samuel se puso manos a la obra enseguida. Realmente había mucho trabajo, y se pasó el día pelando hortalizas, lavando cacerolas y fregando suelos. A medianoche estaba rendido. Cuando iba a prepararse una cama con un poco de paja,

se dio cuenta de que Rayitas había desaparecido y se puso a buscarla por todas partes. Recorrió pasillos oscuros, subió escaleras serpenteantes, miró en cada rincón y tras cada puerta; pero ni rastro de ella. Para entonces Samuel también se había perdido en aquel lugar gigantesco y no tenía la menor idea de cómo regresar a la cocina. Entonces vio los brillantes ojos verdes de Rayitas en lo alto de una desvencijada escalera de caracol.

—¡Rayitas! —la llamó con voz tenue.

Pero Rayitas no se movió. Estaba sentada delante de una puerta y parecía haber oído algo al otro lado. Samuel se acercó y pudo escuchar el llanto de alguien. Entonces golpeó suavemente la puerta.

—¿Quién es? —preguntó una voz femenina.

—Soy Samuel, el chico de la cocina. ¿Estáis bien? ¿Puedo entrar? —preguntó.

—Ojalá pudierais —dijo entre sollozos—. Soy la princesa Radegunda. Al morir mi padre, mi tío me encerró aquí para que no me quedara con el castillo. ¡Tengo miedo de quedarme encerrada aquí toda la vida!

Samuel empujó repetidamente la puerta, pero no se abría.

—No temáis —dijo—. Os sacaré de aquí.

Samuel sabía perfectamente cómo hacerlo, porque mientras hablaba con el guardián se había fijado en un par de llaves colgadas en lo alto de una viga. En aquel momento pensó que era muy extraño que no estuvieran más a mano, pero ahora parecía saber la respuesta. Pero antes tenía que conseguirlas.

Samuel y Rayitas volvieron al lugar donde estaban las llaves, pero el guardián estaba durmiendo en una silla justo debajo de ellas. Rápida como un rayo, Rayitas dio un salto y se subió al estante que tenía detrás de la cabeza. Desde allí empezó a subir cada vez más arriba hasta llegar a las vigas. Agarró las llaves entre las mandíbulas y empezó a bajar sigilosamente. Pero al ir a saltar del estante al suelo, golpeó una jarra que se cayó al suelo y se rompió en mil pedazos. El guardián se despertó sobresaltado.

—¿Quién anda ahí? —gruñó.

Y en ese momento pudo ver la cola de Rayitas saliendo por la puerta.

Samuel y Rayitas volvieron sobre sus pasos con el guardián pisándoles los talones.

—Despístalo un poco —siseó Samuel mientras subía hasta la puerta de Radegunda y el anciano desaparecía detrás de Rayitas.

Samuel introdujo una de las llaves en la cerradura. ¡Encajaba! Giró la llave y abrió la puerta. Allí le esperaba la joven más bella que había visto nunca. La princesa corrió hacia él y gritó:

—Deprisa, no podemos perder ni un segundo.

EL CASTILLO DE LAS NUBES

Agarrados de la mano bajaron de la torre a toda prisa.

–Dadme las llaves –dijo la princesa.

Bajaron a las bodegas del castillo hasta que dieron con una pequeña puerta. La princesa metió la otra llave en la cerradura y la puerta se abrió. Dentro había un pequeño armario y en su interior un cofre de oro lleno de valiosas joyas.

–Mi tío me robó este cofre y al fin lo recupero –dijo Radegunda.

Con el cofre en las manos, la pareja se apresuró hasta los establos y ensilló un caballo. De repente vieron a Rayitas con el guardián persiguiéndola. La gata dio un salto impresionante y aterrizó en el lomo del caballo, detrás de la princesa y de Samuel.

–¡Allá vamos! –gritó Samuel.

Y aquella fue la última vez que vieron el castillo de las nubes. Samuel se casó con la princesa y vivieron felices por siempre jamás.

El gran día de Canelo

Hace muchos, muchos años vivía un granjero muy pobre
llamado Aimón. El granjero tenía un caballo al que llamó Canelo.
El caballo había sido muy noble y fuerte, tanto para tirar del arado
como para llevar a su dueño al pueblo para vender hortalizas.
Y aunque era demasiado viejo para trabajar, el granjero no quería
deshacerse de él por nada del mundo.

–Sería como rechazar a alguien de mi familia –solía decir.

Canelo pasaba el día pastando en el campo y, aunque no podía
quejarse, se sentía algo triste por no poder ayudar al granjero.

Un día, Aimón decidió bajar al pueblo a vender algunas
hortalizas. Puso los arreos a Linda, una yegua joven, y
emprendieron el camino. Al pasar por delante de Canelo, Linda
agitó su bonita crin y le miró como diciendo:

—Soy la reina de la granja.

Al llegar al pueblo, Aimón vio un anuncio colgado en un árbol. Decía así:

HOY, CONCURSO DE CABALLOS A LAS DOS DEL MEDIODÍA. EL GANADOR TIRARÁ DEL CARRUAJE DEL REY PARA ASISTIR AL GRAN BANQUETE DE ESTA NOCHE.

—No hay tiempo que perder, Linda —dijo Aimón—. Hay que prepararte para el concurso.

Dicho esto, dio la vuelta al carro y advirtió a su yegua para que se pusiera en marcha:

—¡Rápido, Linda, volvemos a casa!

Aimón se propuso acicalar a Linda como nunca. Le frotó los cascos y la cepilló hasta que quedó bien reluciente. Luego le peinó la crin y la ató con un lazo rojo. Canelo observaba los preparativos.

—Está preciosa —pensó con melancolía—. Seguro que gana.

Estaba triste porque era demasiado viejo para participar en el concurso, así que se conformó comiendo un poco de hierba fresca.

EL GRAN DÍA DE CANELO

Pero en aquel preciso instante oyó que se acercaba Aimón.

–Ahora tú, Canelo –le dijo–. ¡No irás a quedarte aquí! Te lo pasarás en grande viendo el concurso.

Canelo estaba entusiasmado. Había pasado mucho tiempo desde su última visita al pueblo. Aimón también lo cepilló.

–Hay que estar guapo para la ocasión –dijo.

Al rato, los tres pusieron rumbo al pueblo. Aimón iba a lomos de Linda y Canelo caminaba al lado. El concurso había reunido a caballos de todas las formas y tamaños: pequeños y flacos, grandes y musculosos, e incluso grandes y flacos.

El concurso no tardó en empezar y el rey hizo su aparición seguido de los miembros de la corte real. Todos ocuparon sus puestos y el rey anunció tres pruebas. Primero habría una carrera para que los caballos demostraran su velocidad.

Después una prueba de fuerza en la que los caballos tirarían de un carro muy pesado. Y, por último, una prueba de trote.

De modo que el concurso comenzó. Todos los caballos ocuparon sus puestos en la línea de salida.

–Ven aquí, Canelo. Inténtalo tú también –le susurró su dueño.

Y entonces llevó a Canelo y a Linda junto a los demás caballos. Todos se quedaron mirándole.

–No puedo creer que un caballo tan viejo como tú esté en un concurso como este –le dijo uno con desdén.

–¡Pero si ni siquiera vas a poder pasar de la línea de salida! –se burló otro.

Canelo no dijo nada y ocupó su lugar. Durante la carrera, notó el corazón acelerado y las patas más veloces que nunca, pero por mucho que se esforzara no podía competir con los demás y llegó el último.

–¿Qué esperabas? –se burlaban los demás caballos dando la espalda al pobre Canelo.

Pero él no se daba por vencido.

–La velocidad no es lo más importante –pensó.

Iba a dar comienzo la prueba de fuerza. Uno a uno,

los caballos fueron tirando de un carro. Cuando le tocó a Canelo, se esforzó al máximo. Notó cómo se tensaban todos los músculos de su cuerpo dolorido mientras arrastraba el carro.

–Este caballo no vale para nada –dijeron los demás.

–La fuerza no es lo más importante –pensó.

Por último llegó la prueba del trote. El rey dijo:

–Montaré los caballos de uno en uno.

El primero trotó tan deprisa que el rey quedó colgando de los estribos. El segundo levantó tanto las patas que lanzó por los aires al rey, que se habría hecho daño de no caer en brazos de sus cortesanos. El tercero se puso tan nervioso con la idea de pasear a un personaje tan ilustre que le empezaron a castañear los dientes y el rey tuvo que taparse los oídos. En cuarto lugar iba Linda, que paseó al rey con mucha elegancia pero al final tropezó. Por último, llegó el turno de Canelo.

–¡Este viejo caballo hará el ridículo ! –comentaban los otros.

Canelo paseó al rey con paso lento y seguro, moviendo las patas con cuidado para que su alteza real apenas notara el movimiento.

–Ha sido un paseo magnífico, Canelo, muchas gracias –dijo
el rey con amabilidad.

Habían terminado las pruebas y todo el mundo guardaba silencio
en espera del resultado.

–He decidido –declaró el rey– que el ganador sea Canelo.
No solo hemos dado un paseo de lo más reposado sino que ha
aceptado sus derrotas con dignidad. Como sabéis, hay cosas más
importantes que la velocidad y la fuerza.

Canelo y Aimón estaban contentísimos, y hasta Linda
le felicitó.

–Lástima del tropezón, de lo contrario habría
ganado –murmulló la yegua.

Aquella noche Canelo tiró orgulloso del carruaje del rey
y lo hizo tan bien que el monarca pidió que volviera al año
siguiente. Luego le preguntó a Aimón si su hija podía montar a
Linda de vez en cuando y hasta le entregó una bolsa de oro para
pagar el mantenimiento de los caballos. Aquella noche, Aimón,
Canelo y Linda regresaron a casa más felices que nunca.

La bruja Olivia

Olivia era una bruja normal y corriente hasta que se matriculó en un curso avanzado de hechizos en la Escuela de Magia para Magos, Brujas y Hechiceros. Allí conoció al profesor Abracadabra, un anciano muy sabio. En cuanto a Olivia, era una brujita muy vanidosa que sabía menos de lo que creía. A lo sumo había convertido a alguien en sapo y otros hechizos por el estilo, pero aún le quedaba mucho por aprender. El problema era que se creía la brujita más perfecta del mundo.

La aventura de Olivia empezó el primer día de curso. Después de las presentaciones de rigor, el profesor Abracadabra llamó a los alumnos uno por uno.

–Mi querida Olivia, ya sabes que tus padres aprendieron conmigo los secretos de la magia y hoy son excelentes profesionales –le dijo en un tono serio–. ¿Dónde quieres llegar tú?

LA BRUJA OLIVIA

Sin pensarlo, Olivia respondió:

—Yo soy mejor que mis padres, y posiblemente mejor que usted.

Olivia se sorprendió a sí misma por la respuesta porque, aunque así lo creía, en realidad no quería decirlo en voz alta.

—No te dejes sorprender por tus respuestas —dijo el profesor Abracadabra—. Esta habitación está encantada. Todo lo que pienses en ella, dirás. Y yo debo decir que te tienes en muy alta estima. ¿Por qué no me cuentas qué te hace tan especial?

—Soy lista —contestó Olivia—. Y soy buena, nunca me equivoco.

—Háblame de tu lado oscuro —pidió el profesor.

—Siento decepcionarle —contestó Olivia muy seria—, pero me temo que no lo tengo.

—En ese caso me gustaría que conocieras a alguien que se parece mucho a ti —dijo el profesor Abracadabra con una sonrisa en los labios.

Olivia miró hacia donde apuntaba el profesor y se llevó un susto de muerte al ver que en el sofá estaba... ¡ella misma!

101

Mientras Olivia seguía con la boca abierta el profesor le explicó que si, como ella creía, carecía de lado oscuro, no había nada que temer.

–Siento decirte que aún te esperan muchas sorpresas como esta.

Dicho esto, el profesor propuso que empezaran a conocerse. Una vez fuera del despacho, el lado oscuro de Olivia se puso a saltar y a gritar de alegría.

–Por fin soy libre. Se acabó lo de quedarme sentada mientras me dices lo que está bien y lo que no. Ya no tendré que intentar convencerte para que elijas el trozo más grande de tarta antes que tu hermano. A partir de ahora no –repito, no– voy a hacer nada de lo que me digas.

Entonces echó a correr por el pasillo, tumbando sillas y topando con otros alumnos en el camino. Oliva estaba horrorizada. Tendría que ir detrás de su lado oscuro y pararle los pies. Después de perseguirla un buen rato, la abordó en la máquina de las chocolatinas:

–No comas tanto chocolate –gritó–. ¡Sabes que es malo para los dientes y te quitará el hambre antes del almuerzo!

¡Lo ves? –se burló su lado oscuro–. No quieres que coma chocolate pero lo hago igual.

Y entonces se echó a correr otra vez, manchando el suelo recién fregado de chocolate y metiéndose un gran trozo en la boca.

La bruja Olivia

En ese momento sonó la campana de la hora del almuerzo. Olivia sabía que debía encontrar a su lado oscuro pero al mismo tiempo tenía la obligación de ir al comedor, de modo que se sentó a almorzar junto a su amiga Eira. Estaba a punto de explicarle lo sucedido cuando se dio cuenta de que Eira no se comía las hortalizas. Olivia le echó una buena regañina y una lección de la forma más saludable de comer.

Eira se quedó mirándola fijamente y luego le dijo:

–¿Qué es lo que te pasa? Estás muy rara.

Olivia le explicó lo sucedido en el despacho del profesor Abracadabra y luego añadió:

–La verdad es que es lo mejor que me ha pasado nunca. Antes pensaba que era buena pero ahora soy incluso mejor. No quiero que vuelva mi lado oscuro, pero tenemos que encontrarlo y encerrarlo para que no cause más problemas.

Eira accedió, pero en su interior esperaba que Olivia se reuniera de nuevo con su lado oscuro. Olivia no era Olivia sin su lado oscuro.

Después de comer, Olivia asistió a la primera clase de la tarde. Al entrar en el aula, vio que su lado oscuro ya estaba allí, de lo más ocupada con sus hechizos. Había tenido tiempo de convertir un par de narices en trompas de elefante y de transformar la piel en escamas de dragón. Pero lo peor de todo era que acababa de petrificar a la profesora.

De repente, Olivia escuchó un enorme barrito procedente del fondo del aula. Al darse la vuelta vio que los gemelos Dico y Daco tenían una trompa de elefante que les llegaba al suelo en lugar de nariz. Olivia intentó decirle a su lado oscuro que deshiciera el hechizo, pero cuando iba en su busca tropezó con una criatura que se arrastraba por el suelo. Parecía un dragón pero llevaba el vestido violeta con topos blancos de Betina. El lado oscuro de Olivia estaba haciendo de las suyas por doquier.

–¿Por qué no le para los pies la profesora? –preguntó Olivia a Eira.

¿Cómo iba a pararle los pies la señorita Miranda si estaba petrificada de la cabeza a los pies?

Justo en ese momento el profesor Abracadabra entró en el aula. Olivia señaló a su lado oscuro, que seguía con sus conjuros.

–Por favor, por favor, haga que pare –le suplicó Olivia.

–Me temo que eres la única que puede hacerlo –dijo el sabio anciano–. Ambas sois inseparables y os necesitáis mutuamente. Tú sin ella serías insoportable y ella sin ti sería terrible. ¿Me das tu permiso para que vuelva junto a ti?

Olivia accedió a regañadientes y entonces su lado oscuro desapareció por completo y Olivia se sintió por fin aliviada, ¡maravillosamente bien! Era estupendo poder volver a la normalidad y ser una brujita buena aunque también algo traviesa alguna que otra vez.

–Muchas gracias –le dijo Olivia al profesor–. Hoy he aprendido una buena lección.

–Todo el mundo tiene una parte buena y otra mala –contestó el profesor–, incluso las brujas más perfectas.

Olivia se ruborizó al recordar lo que había dicho aquella mañana, pero se sentía tan aliviada tras haber recuperado la normalidad que no dio más importancia al incidente. Olivia y Eira volvieron a clase para arreglar las tropelías que el lado oscuro de Olivia había cometido, pero por el camino sintieron un deseo incontrolable de comer algo, así que primero hicieron una paradita delante de la máquina de chocolatinas.

El príncipe sin voz

Érase una vez un príncipe cuyas palabras eran pura poesía. Divertía a la corte con sus rimas ingeniosas, y sus palabras amables y profundas le granjearon la popularidad de todo el mundo. Se decía que incluso podía hechizar a los pájaros de los árboles.

Un día paseaba por el bosque cuando se topó con una anciana que llevaba un pesado fardo a la espalda.

–¿Puedo ayudarla? –se ofreció amablemente.

El príncipe cargó con el fardo mientras caminaba y charlaba con la anciana. Al cabo de un buen rato llegaron a su casa.

La anciana, que en realidad era una bruja malvada, había estado escuchando atentamente las palabras del príncipe.

–¡Qué voz más bonita tiene! –pensó–. Ojalá mi hijo hablara como él.

Así quizá encontraría una esposa de buena familia y seríamos ricos por siempre jamás.

–Debéis estar sediento –le dijo al príncipe–. Dejad que os ofrezca algo para calmar vuestra sed y recompensar vuestra amabilidad.

El príncipe aceptó agradecido y disfrutó de una deliciosa bebida hasta la última gota. Cuando iba a darle las gracias a la anciana, tuvo una sensación muy extraña. Se estaba haciendo cada vez más pequeño. Se miró los pies y vio dos garras peludas. Luego se dio la vuelta y vio que le había crecido una larga cola. Intentó gritar pero lo único que salió de su garganta fue un ladrido.

La bruja estaba loca de alegría.

–El hechizo ha funcionado –dijo entre risas malvadas–. ¡Ven aquí, hijo mío!

En la puerta apareció un joven de aspecto algo rudo.

–¿Qué sucede, querida madre? –dijo con una voz que al príncipe

le resultaba muy familiar–. ¿Dónde has encontrado este pobre perrito?

El príncipe comprendió enseguida lo sucedido.

–La anciana me ha convertido en un perro y le ha dado mi voz a su hijo. ¿Qué voy a hacer ahora? –pensó entristecido–. No puedo volver al palacio, nunca dejarían entrar a un perro abandonado.

De modo que se dio la vuelta con el rabo entre las piernas y se adentró en el bosque.

La bruja estaba encantada con la nueva voz de su hijo. Le mandó que se lavara de arriba abajo y lo vistió con la ropa del príncipe.

–Ahora vete –dijo– y no vuelvas hasta que encuentres una joven rica para casarte.

El joven partió deseoso de probar su nueva voz. En el camino fue saludando a los paseantes con los que se cruzó.

–¡Qué joven tan educado! –decían unos.

–¡Qué dominio de las palabras! Sería capaz de hechizar a los pájaros del bosque –decían otros.

El príncipe sin voz

El hijo de la bruja caminó largo tiempo hasta que llegó a un castillo. En el balcón estaba sentada una hermosa princesa. Cuando él la llamó, la princesa se levantó enseguida y miró hacia el jardín cautivada por aquella voz maravillosa. Quedó tan prendada de su forma de hablar que pensó que se trataba de un príncipe. Al rato, la princesa y el hijo de la bruja conversaban amigablemente y, para su sorpresa, cuando él le pidió si quería casarse con él la princesa aceptó.

–Alguien con una voz así tiene que ser buena persona –pensó.

Mientras, el pobre príncipe convertido en perro vagaba por el bosque, comiendo raíces y frutas que encontraba entre la maleza. Un día se detuvo junto a un arroyo para beber.

Cuando estaba metiendo la larga lengua en el agua, vio a alguien sentado en el puente. Era un duendecillo que pescaba con una pequeña red.

–¡No estéis triste! –dijo–. He visto todo lo sucedido y creo que sé cómo podéis recuperar vuestra voz. ¡Seguidme!

Dicho esto, desapareció en medio del bosque con el príncipe pisándole los talones. Cuando llegaron al castillo, vieron al hijo de la bruja hablando con la princesa, que estaba asomada al balcón. Sus ojos se llenaron de lágrimas al ver que era la muchacha más bonita que había visto jamás y que nunca podría casarse con ella.

–Nos casaremos hoy mismo –anunció el hijo de la bruja con la voz del príncipe–. Os esperaré en la iglesia, amada mía.

Entonces el duendecillo agarró la red y la lanzó al aire. Antes de que las palabras «amada mía» llegaran al balcón, las atrapó y se las devolvió al príncipe.

Al tragarse aquellas palabras, el príncipe convertido en perro recuperó el habla.

–Gracias, duendecillo –dijo–. Pero ¿qué debo hacer ahora? Soy un perro que habla como un príncipe. La princesa nunca querrá casarse conmigo.

—Si quieres romper el hechizo de la bruja, ve a la iglesia. ¡Date prisa! —dijo el duendecillo antes de desaparecer.

Obediente, el príncipe echó a correr hacia la iglesia. La princesa no daba crédito a la situación, puesto que el hijo de la bruja no abría la boca.

—No entiendo nada —dijo—. Pensaba que iba a casarme con el mejor orador del mundo y resulta que se ha quedado mudo de repentc.

—Yo puedo explicároslo —advirtió el príncipe.

La princesa echó un vistazo pero lo único que vio fue un perro.

—¿Quién puede explicarlo? ¡Qué perro tan bonito! —exclamó la princesa antes de agacharse y darle un beso en el hocico.

Para su sorpresa, las garras peludas y la larga cola del animal empezaron a desaparecer lentamente hasta que finalmente apareció el príncipe.

—Pero vos sois... entonces él es... —balbuceó mientras miraba al príncipe y al hijo de la bruja.

El príncipe le explicó a la princesa lo sucedido y con el tiempo se casaron. En cuanto al hijo de la bruja, como en realidad no era mala persona, el príncipe le enseñó a hablar con voz melodiosa y se casó con la hermana pequeña de la princesa.

Las aventuras de la carpa Catalina

La carpa Catalina vivía en un bonito estanque rodeado de juncos que había en el claro de un bosque. Había nacido una radiante mañana de primavera y ahora se pasaba el día nadando cerca de la superficie del agua con sus hermanos.

¡Pero en el estanque también había peligros! Había escuchado terribles historias de un martín pescador que se sumergía en el agua tirándose desde una rama para comerse a los peces más pequeños. O de la garza, un ave enorme de color gris que acechaba a sus presas y atrapaba a los peces desprevenidos con su gran pico alargado.

Pero Catalina tenía miedo sobre todo del lucio Rufo. Según contaban, llevaba muchísimos años viviendo en el estanque. ¡Pobre de ti si te topabas con Rufo cuando estaba hambriento, puesto que salía disparado de su escondite entre las algas y se te tragaba de un bocado! Nada podía escapar a sus gigantescas mandíbulas cubiertas de dientes afilados como agujas. Catalina había oído que Rufo se tragaba peces más grandes que él, además de patos, topillos y otros animales del estanque. Incluso que una vez había arrastrado hasta el fondo a un perro que estaba en la orilla para devorarlo vivo.

La madre de Catalina le había advertido que si no quería toparse con Rufo lo mejor era quedarse en las aguas poco profundas y no cruzar nunca el estanque, puesto que al lucio le encantaba atrapar a sus presas en las aguas profundas y oscuras de sus dominios.

Un soleado día de verano, Catalina y sus hermanos nadaban en el mismo lugar de siempre. De repente, Catalina notó que alguien la levantaba y la sacaba del agua. Cuando se dio cuenta, estaba agitándose en el fondo de una red sin apenas poder respirar. Por suerte, volvió enseguida al agua, pero todo parecía distinto. Había mucha luz y habían desaparecido las algas que le servían de escondite. ¿Dónde estaban sus hermanos? Al rato, se dio cuenta de que una criatura enorme estaba mirándola. Pero, de repente, desapareció, y Catalina volvió a quedarse sola en este mundo nuevo y extraño.

La carpa Catalina se preguntaba si estaría atrapada en este pequeño estanque el resto de su vida cuando, con la misma rapidez con la que la habían sacado del estanque familiar, la sacaron de este. Notó que iba cayendo, cada vez más, hasta que volvió al estanque de siempre. O, al menos, eso parecía, aunque nada era como antes. Catalina vio unas pequeñas algas y corrió

114

a refugiarse entre ellas mientras decidía qué iba a hacer a continuación.

–Hola, eres nueva aquí, ¿no? –le preguntó alguien amablemente.

Catalina miró a un lado y a otro y se dio de bruces con una rana. Le explicó su terrible aventura mientras la rana escuchaba pacientemente, asintiendo de vez en cuando con la cabeza.

–Mira, creo que puedo explicarte lo sucedido –dijo la rana cuando Catalina hubo terminado–. Saliste del estanque atrapada en la red de pescar de un niño, suelen venir muchos por aquí. Estoy convencida de que la criatura enorme que viste era el niño que observaba cómo nadabas dentro de un bote de cristal lleno de agua. Y ahora ha decidido devolverte al lugar donde te encontró. El único problema es que tu casa queda muy lejos de aquí. Estamos en el otro lado del estanque, y para regresar tenemos que recorrer un largo camino lleno de peligros.

A Catalina no le apetecía nada pasar miedo, pero echaba muchísimo de menos a su familia y sabía que no llegaría a casa

sin la ayuda de la rana. De modo que, sin perder ni un momento, ambas se pusieron en marcha a través de las aguas oscuras y profundas del estanque.

—Nada cerca de la superficie, es más seguro —advirtió la rana—. Pero ten cuidado con los martines pescadores, son muy rápidos.

Parecía que hubieran estado nadando una eternidad cuando, de repente, vieron una sombra oscura y gigantesca que avanzaba desde el fondo.

—¡Es Rufo! —gritó aterrorizada la rana.

Pero antes de que pudieran reaccionar, se encontraron frente a frente con el temido pez.

—Vaya, vaya —dijo burlonamente Rufo—. ¡Qué suerte la mía! Una rana y una carpa. La comida y la cena de un solo bocado.

Dicho esto, abrió las grandes mandíbulas y estuvo a punto de tragarse a sus dos presas cuando —¡CLONC!—, una piedra plana y enorme cayó sobre la cabeza de Rufo.

Aturdido, el lucio empezó a hundirse lentamente hasta el fondo del estanque.

—¡Rápido, hay que largarse de aquí! —gritó la rana.

Las dos amigas se pusieron a nadar para salvar su vida. Catalina no podía dejar de pensar que Rufo volvería a aparecer de un momento a otro, pero no había que preocuparse; debía dolerle tanto la cabeza que tardaría en volver a salir de caza.

Al rato, Catalina llegó a casa. Reconoció su rincón del estanque y vio a su familia.

—Te estoy muy agradecida —le dijo a la rana—. Pero ¿qué ha pasado?

—A quien tienes que dar las gracias es al niño que te atrapó —le contestó—. Estaba tirando piedras cuando la cabeza de Rufo se cruzó en el camino.

Catalina pensó que aquel día ya había vivido suficientes aventuras y buscó refugio en unas acogedoras algas. Estaba tan cansada que se quedó dormida en un santiamén.

El señor Topo
y la paloma mensajera

El señor Topo sacó su hocico afilado por uno de los agujeros
de su madriguera y notó un olor muy intenso. Luego volvió
a husmear. Hasta tres veces olió para salir de dudas.

–¡Cáspita! Parece que va a llover –dijo con preocupación.

Al señor Topo no le gustaba nada la lluvia. Siempre que llovía
se le empapaba su abrigo de terciopelo y dejaba huellas de barro
por toda la casa. Peor aún, la lluvia se colaba por los agujeros de la
madriguera y todo quedaba tan húmedo que tardaba días en secarse.

Al rato, el cielo comenzó a oscurecerse cada vez más y empezaron a caer pequeñas gotas de lluvia. Luego las gotas se hicieron más grandes. Y al final, gigantescas. Solo se veían cascadas de agua deslizándose por las hojas de los árboles, cayendo al suelo y llenándolo todo de barro y humedad.

El señor Topo nunca había visto llover tan fuerte. Se sentó en su madriguera con la esperanza de que amainara pronto. Pero, al rato, el agua empezó a colarse por la madriguera. Primero se filtraba gota a gota por los agujeros, pero después se convirtió en un pequeño río que fue extendiéndose por el suelo. Después, el pequeño río se convirtió en una corriente de agua veloz que iba arrastrando al señor Topo por todas las galerías de su madriguera a medida que el agua entraba a borbotones en su casa subterránea.

Cuando se dio cuenta, la corriente lo había sacado fuera de su madriguera y seguía arrastrándolo por todo el prado sin poder evitarlo.

Después, el agua lo llevó hasta el bosque que había en un extremo del prado, pero seguía sin detenerse, rebotando y dando vueltas hasta que se sintió mareado y casi sin respiración.

De repente, el señor Topo se detuvo. La corriente lo había arrastrado hasta las ramas de un arbusto.

–¡Pobre de mí! –exclamó–. ¿Dónde debo estar?

El señor Topo miró a su alrededor pero, como no veía demasiado bien, como todos los topos, nada le resultaba familiar. Peor aún, no reconocía los olores. Estaba completamente perdido, lejos de casa, sin saber cómo volver. Por si fuera poco, había empezado a anochecer.

–¡Buu-uu-uu-uu-uu! –ululó una voz.

El señor Topo estaba muerto de miedo.

–Yo de ti no me quedaría aquí ni un minuto más –dijo la voz.

El señor Topo se dio la vuelta y se topó cara a cara con un búho gigantesco.

–¡No sabes que es peligroso rondar por el bosque de noche? –le preguntó el búho–. Hay culebras, zorros, comadrejas y todo tipo de criaturas terribles con las que es mejor no cruzarse en el camino.

–¡Cáspita! –fue todo lo que pudo decir el señor Topo ante la advertencia.

Entonces le explicó al búho su terrible viaje arrastrado por la corriente y que se había perdido y no sabía volver a casa.

–Será mejor que hables con Polina –dijo el búho–. Es una paloma mensajera que vive cerca del prado y puede enseñarte el camino de vuelta. Pero primero habrá que encontrarla. No te separes de mí y recuerda, ten cuidado con las culebras, los zorros y las comadrejas.

No hacía falta que se lo dijera dos veces. Se pegó tanto al búho que cada vez que este se paraba o se giraba, el señor Topo se daba de bruces con él.

El señor Topo siguió al búho a través del oscuro bosque lleno de peligros. De vez en cuando se oía algún sonido poco agradable procedente de los árboles, como un fuerte gruñido o un siseo, pero el señor Topo intentaba no hacerle mucho caso y se limitaba a seguir muy de cerca al búho.

Al final, cuando el señor Topo pensaba que sería incapaz de dar un paso más, se detuvieron junto a un viejo olmo.

—¡Hooo-laaa! —ululó el búho.

Estaban de suerte. La paloma Polina acababa de despertarse e iba a emprender el camino de vuelta a casa.

—Señora paloma —dijo el señor Topo—, me temo que me he perdido y no sé cómo volver al prado. ¿Sería tan amable de llevarme hasta allí?

122

–Claro que sí, señor Topo –dijo la paloma–. Ahora será mejor que descanse un poco, pero debemos partir antes de que amanezca.

Después del breve descanso, el señor Topo empezó a seguir trabajosamente a la paloma tan de cerca como pudo. Cuando los primeros rayos de sol iluminaron el cielo, el señor Topo notó un olor que le resultaba muy familiar. ¡Era el prado! ¡Estaba muy cerca de su casa!

Al rato, puso los pies de nuevo en su madriguera. Estaba empapado y lleno de barro hasta el hocico, pero lo primero que hizo fue excavar nuevas galerías para que la lluvia no volviera a jugarle una mala pasada. Después disfrutó de un buen plato de lombrices y cayó en un sueño profundo y bien merecido.

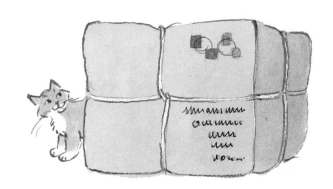

El árbol de las monedas de oro

Érase una vez una pareja de ancianos que vivía muy feliz en una casita con un pequeño y coqueto jardín. Tenían muy buenos amigos en el vecindario con los que compartían todo lo que tenían. Un día, llamaron a la puerta; era el cartero, que traía un gran paquete.

–¡Mira qué paquete nos han enviado! –dijo el hombre entrando en la cocina con la pesada carga.

–¿Qué debe haber dentro? –pensó la mujer mientras lo observaba–. Quizá sea una vajilla de porcelana nueva.

–O una carretilla –dijo él.

Después de imaginar todas las maravillas que podía contener el paquete, la mujer dijo:

–¿Y si lo abrimos? Así saldremos de dudas.

Y eso hicieron, pero la caja parecía estar totalmente vacía. Hasta que el

hombre se dio cuenta de que había algo en el fondo, en uno de los extremos. Lo cogió con los dedos y lo acercó a la luz para observarlo atentamente. ¡Era una semilla! Los ancianos se disgustaron un poco. Después de dar rienda suelta a su imaginación se habían decepcionado al ver que se trataba de una triste semilla.

—Pues habrá que plantarla —dijo el hombre—. Quién sabe, igual brota una hermosa lechuga.

De modo que plantó la semilla en el jardín y empezó a regarla cada día. La semilla no tardó en brotar. El brote se convirtió en una planta robusta que crecía cada vez más. Tanto creció que se convirtió en un magnífico árbol. Los ancianos quedaron maravillados al ver que aquel árbol empezaba a dar frutos.

—¿Crees que serán manzanas? —preguntó el hombre.

Regaba el árbol y examinaba los frutos a diario, hasta que un día le dijo a su esposa:

—Ya podemos arrancar el primer fruto.

El hombre trepó con cuidado por el árbol y retiró una fruta grande y roja. La llevó a la cocina y la puso sobre la mesa. Pero al cortarla vio que en el interior había un montón de monedas de oro.

—¡Ven enseguida, tienes que ver esto! —le dijo a su esposa.

Los ancianos se pusieron tan contentos que estuvieron un buen rato bailando por la cocina. Luego decidieron que solo gastarían una de las monedas y guardarían el resto.

—Al fin y al cabo —dijo el hombre—, no sabemos qué hay dentro de las otras frutas. Igual están llenas de gusanos.

Así que gastaron una moneda de oro en el pueblo y guardaron el resto. Pero al día siguiente, el hombre arrancó otra fruta que también estaba llena de oro. Al ver aquello, la pareja

empezó a gastar más dinero pensando que todas las frutas estarían igual. Compraron ropa nueva y cosas para la casa y el jardín. Cada día el hombre arrancaba una fruta. Cada día la encontraba llena de oro y cada día iban al pueblo y se gastaban todo el dinero. Pero con tanta diversión el hombre se había olvidado de regar el árbol.

Mientras tanto, sus amigos y vecinos empezaron a murmurar. Se preguntaban de dónde sacaban el dinero y empezaron a estar molestos con los ancianos porque no habían hecho ningún regalo a sus amigos ni siquiera habían organizado una fiesta. Poco a poco, fueron ignorándolos hasta que los ancianos se quedaron sin amigos. Pero ellos ni siquiera se dieron cuenta porque estaban demasiado ocupados gastando las monedas de oro.

Un buen día, el árbol se marchitó. Se pusieron a regarlo con varios cubos de agua, pero no sirvió de nada. Los ancianos se apresuraron a arrancar los frutos que aún quedaban pero cuando los llevaron dentro vieron que estaban agrietados y arrugados por fuera y llenos de polvo por dentro.

127

–¡Si no me hubiera despreocupado tanto y me hubiera acordado de regarlo! –se lamentaba el hombre.

Al día siguiente, los ancianos miraron por la ventana y descubrieron que el árbol había desaparecido. Habían descuidado por completo el jardín y ahora no tenían nada para comer. Se dieron cuenta de que tendrían que vender todo lo que habían comprado para poder vivir. Además, necesitarían herramientas de jardinería, ya que las que tenían se habían oxidado por la falta de uso y cuidado.

Pasaron las semanas y los ancianos fueron vendiendo todas las cosas de valor que habían comprado hasta quedarse con lo puesto.

Se sentían miserables y apenados por cómo habían tratado a sus vecinos. Solo entonces se dieron cuenta de lo solos que se sentían sin sus amigos y de lo importante que era para ellos su amistad.

—Aunque ya no nos quede nada, demos una fiesta. La amistad es mucho más valiosa que un montón de monedas de oro —propuso un día la mujer.

De modo que los ancianos invitaron a todos sus amigos y vecinos a disfrutar de una fiesta por todo lo alto. Todos se preguntaban dónde estaban todas las cosas que habían comprado en los últimos tiempos y qué había sucedido para que volvieran a ser sus amigos, pero seguramente nunca adivinaron la increíble historia del árbol de las monedas de oro.

Jimbo vuelve a casa

Una noche Jimbo, el elefante del circo, roncaba plácidamente en su jaula cuando oyó un extraño ruido. Al principio pensó que formaba parte del sueño. En él, caminaba por una llanura calurosa y polvorienta cuando de repente oyó el sonido de un trueno.

En ese momento Jimbo se despertó. Se tranquilizó al ver que seguía en su jaula y lo que parecía un trueno en realidad era el movimiento de la jaula. Pero era extraño, ya que el circo jamás se trasladaba de noche. Se levantó y echó un vistazo. Alguien conducía el remolque y no era Carlos, su cuidador. Jimbo se puso a barritar:

–¡Socorro! ¡Al ladrón!

Pero ya era demasiado tarde. La jaula se iba alejando del circo y se disponía a enfilar la carretera.

Finalmente, atravesaron una entrada que rezaba CIRCO ZIPPER
y Jimbo se dio cuenta de lo que estaba pasando. La familia Zipper,
los principales rivales del circo donde trabajaba, lo habían
secuestrado. Jimbo estaba muy enfadado. ¿Cómo habían podido
salirse con la suya? ¿Cómo podía ser que nadie del circo Ronaldo
hubiera escuchado nada? Pero Jimbo esperó en vano ser rescatado.

Al día siguiente, los ladrones le abrieron la jaula e intentaron
que saliera, pero solo lo lograron tras mucho esfuerzo. Una vez
fuera, sorbió toda el agua que pudo de un cubo y le dio un buen
remojón a su nuevo cuidador. Se negó a colaborar, dio una patada
a la comida y decidió que esa noche haría mal todos los números.

–No te preocupes –le dijo el señor Zipper al nuevo domador–.
Le costará acostumbrarse pero pronto olvidara el circo Ronaldo.

Pero Jimbo no lo olvidaría jamás porque, como ya sabéis, los elefantes tienen muy buena memoria.

El resto de los animales también pertenecían a otros circos.

—Acabarás acostumbrándote —le dijo uno de los chimpancés.

Pero Jimbo ya había decidido que haría lo posible por escaparse.

Una noche, un ratón se paseaba delante de su jaula.

—Hola —le dijo Jimbo con tristeza, ya que se encontraba muy solo y habían pasado muchos días sin que le limpiaran la jaula.

—Hola —contestó el ratón—. Pareces algo triste. ¿Qué te pasa?

Jimbo le explicó que lo habían secuestrado y quería volver a su circo. Tras escucharle atentamente, el ratón le dijo:

—Intentaré ayudarte.

Dicho esto, desapareció de su vista y al rato regresó con un manojo de llaves. Jimbo se quedó boquiabierto.

—¡Ha sido muy fácil! —dijo el ratón—. El cuidador estaba durmiendo, así que he aprovechado la ocasión.

Jimbo agarró las llaves con la trompa y abrió la puerta. ¡Era libre!

—Muchas gracias —le dijo al ratón, que ya se había esfumado.

Jimbo quería volver cuanto antes a su circo, pero antes quería que los ladrones recibieran una buena lección. Se acercó a su caravana y oyó que roncaban. Entonces, de puntillas, tan silenciosamente como puede ir un elefante, se puso los arreos.

—Eh, tú, ¿qué estás haciendo? —relinchó uno de los caballos.

Pero Jimbo ya estaba tirando de la caravana y enfilando la carretera de vuelta a casa.

El elefante recorrió el trayecto con tanto cuidado que los ladrones siguieron durmiendo a pierna suelta. Al final, llegaron al circo Ronaldo. El señor Ronaldo se quedó estupefacto al ver que Jimbo arrastraba una caravana como si fuera un caballo, pero aún más al ver que los ladrones dormían como un tronco en la parte de atrás. No se despertaron hasta que oyeron la sirena de la policía; pero ya era demasiado tarde. Cuando salieron de la caravana sin entender bien lo que ocurría, los detuvieron y los llevaron a la cárcel.

–Tendremos que hacerle algunas preguntas al señor Zipper sobre el robo de otros animales para su circo –dijo seriamente uno de los oficiales de policía.

El señor Ronaldo y Carlos, el domador de Jimbo, estaban encantados de que el elefante hubiera regresado a casa. Y Jimbo

de estar de vuelta. Ambos se pusieron a hablar entre susurros
y se alejaron un poco mientras decían:

—Volvemos enseguida, Jimbo.

Y regresaron, esta vez empujando la vieja jaula de Jimbo que
ahora estaba recién pintada, cubierta de paja limpia y, lo más
importante, sin cerradura en la puerta.

—A partir de ahora podrás entrar y salir cuando quieras —dijo
Carlos.

Jimbo levantó bien alto la trompa y barritó con todas sus fuerzas.
Carlos sabía que esa era su forma de darles las gracias y decir que
estaba contento de estar de nuevo en casa.

La Bella Durmiente

Hace mucho, mucho tiempo, en un país lejano vivían el rey y la reina más felices de todos los tiempos. Después de años esperando en vano, finalmente habían sido bendecidos con el nacimiento de una preciosa niña.

El rey y la reina eran tan felices que decidieron celebrarlo con un gran banquete al que asistirían familiares y amigos, además de los súbditos más notables del reino. Cuando se sentaron a escribir las invitaciones, la reina dijo con preocupación:

—Pero, la condesa Griselda se enfadará mucho si no la invitamos.

El rostro del rey empalideció de repente; sacudió la cabeza y dijo:

—No debemos invitarla. Griselda es malvada y envidiosa. No quiero que se acerque a nuestra amada hija.

El día del banquete, los invitados ocuparon el Salón Imperial. Antes de empezar con los festejos, se pusieron en fila para honrar a la pequeña princesa Angelina, que dormía plácidamente en su cuna. Las doce personas fueron acercándose una a una a la recién nacida para concederle un don.

La primera fue la soprano Odila, que tocó la garganta de la niña con el dedo índice y anunció que tendría una voz angelical. El segundo fue el archiduque Ernesto que, con un pequeño toque en la frente, proclamó que sería muy inteligente. La tercera fue la duquesa Rosa, que rozó el rostro de la niña y dijo que sería la flor más hermosa del reino.

Uno a uno, el resto de los invitados le concedió los dones de la paciencia, la amabilidad, la fe, la elegancia, la fortuna, la virtud, la felicidad y la dulzura. Cuando la última invitada iba a acercarse a la cuna, se escuchó un gran estruendo en el Salón Imperial y las portaladas se abrieron de golpe para dar paso a la condesa Griselda. Todo el mundo enmudeció mientras avanzaba hacia la niña y, aunque el rey y la reina hicieron lo posible por detenerla, Griselda se zafó de ellos.

Viendo que la miraban aterrorizados, Griselda se volvió hacia ellos y les susurró con voz grave y maliciosa:

–Creo que habéis olvidado invitarme, pero aquí me tenéis. He venido a conceder un don a esta preciosa niña.

Griselda se inclinó sobre la cuna y dijo:

–Concedo a esta niña el don de la salud absoluta hasta el día que muera.

Al ver la cara de alivio de los presentes, se rió a carcajadas y gritó:

–¡Lástima que vaya a morir el día que cumpla dieciséis años! La princesa se pinchará con una aguja y morirá en el acto.

Y entonces tocó la punta del dedo corazón de la mano derecha de la princesa. Después juntó las manos y se oyó el estruendo de un trueno, seguido de un viento huracanado que entró por las ventanas y fue apagando las velas de una en una. Cuando pudieron cerrar las ventanas y encender de nuevo las velas, Griselda había desaparecido dejando tras de sí un hechizo aterrador.

El rey y la reina estaban tan conmocionados que no se dieron cuenta de que faltaba la última invitada, la marquesa María, que se inclinó sobre la cuna y dijo:

–No puedo libraros del mal de Griselda, pero puedo entregaros el don más preciado que existe. Os concedo el don del amor. Cuando llegue el desdichado día no moriréis, sino que quedaréis profunda y apaciblemente dormida como lo estáis ahora hasta que el amor acuda a rescataros.

Entonces posó el dedo índice sobre el corazón de la niña y se fue.

Desesperados, el rey y la reina mandaron destruir todas las agujas del reino. Sin embargo, no pasó ni una sola noche en la que durmieran tranquilos y ni un solo día sin que estuvieran pendientes de la niña.

Angelina creció cada día más dulce y hermosa, hasta que llegó la víspera de su decimosexto cumpleaños. El rey miraba a su hija y no

podía evitar sentir una punzada de dolor al saber que no sería capaz de evitar su destino.

El día de su cumpleaños, el rey y la reina dejaron que Angelina correteara por los pasillos del castillo. El rey había ordenado preparar una gran fiesta en el Salón Imperial para última hora de la tarde, y Angelina iba de aquí para allá viendo cómo los cocineros preparaban pasteles y los sirvientes confeccionaban guirnaldas de preciosas flores.

En uno de los pasillos, Angelina empezó a seguir el rastro de unos pétalos que iban zigzagueando por el suelo y subían cada vez más hasta llegar a lo alto de una torre en la que no había estado nunca. Al llegar arriba, la puerta se abrió y en un rincón de la oscura habitación vio a una anciana que estaba hilando en una vieja rueca.

—Acércate, preciosa —la llamó.

Angelina avanzó un poco.

—Acércate un poco más, querida —le dijo.

Cuando Angelina estaba lo bastante cerca, la anciana tomó su mano derecha y la acercó a la aguja. Al notar

el pinchazo en el dedo corazón, la princesa dio un grito de dolor y se quedó profundamente dormida. Y con ella, todo el castillo se durmió. Los cocineros se durmieron delante del asador, los caballos en el establo y el rey en su trono. El castillo entero quedó sumido en el más absoluto de los silencios.

Pasaron los años y las zarzas del castillo crecían a medida que la leyenda de la Bella Durmiente llegaba a tierras cada vez más

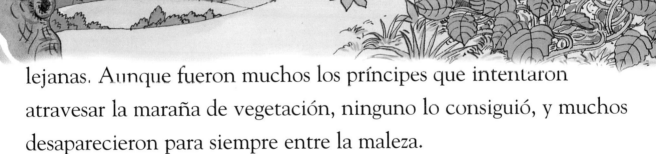

lejanas. Aunque fueron muchos los príncipes que intentaron atravesar la maraña de vegetación, ninguno lo consiguió, y muchos desaparecieron para siempre entre la maleza.

Al cabo de un tiempo, un valeroso príncipe soñó que la voz angelical de una joven lo llamaba desde una zarza. Cuando le preguntó a su padre sobre el significado del sueño, el rey le contestó que sería mejor que no lo averiguara.

Pero a la noche siguiente, el príncipe soñó de nuevo con aquella joven, y esta vez vio a la princesa profundamente dormida pidiéndole que la liberara. Era la muchacha más bonita que había

visto en su vida, y de nuevo le preguntó a su padre por ella.
El rey volvió a evitar la respuesta, pero al ver que el sueño de su
hijo se repetía cada noche y que prefería morir antes que vivir
sin la joven, le habló de aquella princesa durmiente de un país
muy lejano.

Sin demora, el príncipe emprendió un largo viaje que duró
un año y un día. Por el camino le explicaron la suerte que habían
corrido los que le precedieron. Algunos se habían transformado
en piedras, otros en agua y otros sencillamente desaparecieron
sin dejar rastro. Hasta ahora nadie había conseguido atravesar
las zarzas.

Cuando el príncipe llegó a su destino, se detuvo delante del
frondoso bosque que cubría el recinto del castillo. Se arrodilló y
rezó por todos aquellos que perecieron en el lugar y sacó la espada
para abrirse paso entre la densa vegetación. Pero en ese preciso
instante tuvo una visión en la que la princesa se levantaba e iba
hacia él. El príncipe dejó caer la espada e intentó tocar la visión

pero, al hacerlo, rozó las zarzas, que poco a poco se fueron transformando en flores. Cuanto más se adentraba en el bosque, más se allanaba el camino, hasta que lo único que le separaba de la princesa fue una alfombra de rosas. Pasó por delante de los caballos, los cocineros y el rey, que seguían durmiendo, y subió las escaleras hasta la habitación donde reposaba la princesa. Se inclinó sobre ella y le dio un beso en los labios.

Los cocineros se desperezaron y se despertaron junto al asador. Los caballos se despertaron y se pusieron a relinchar. El rey bostezó en su trono y se despertó de golpe. Todo el castillo despertó de repente. Cuando el príncipe acompañó a la princesa al encuentro de su padre, este lloró de alegría y emoción y le dijo que le concedería el deseo que quisiera. El príncipe le pidió la mano de su hija, y desde entonces todos vivieron muy felices y comieron perdices. Y colorín colorado, este cuento se ha acabado.